LA DISPARUE DE *Linton Hill*

LA DISPARUE DE *Linton Hill*

Jean-Michel PAYET

RAGEOT

à Alexandra G.

Le feuilleton des Incos

Cet ouvrage a été imprimé sur un papier
issu de forêts gérées durablement,
de sources contrôlées.

Couverture : © aleshin – Fotolia.com

ISBN 978-2-7002-4937-8

Angrisey

Lundi 12 octobre 2015

Depuis plus de trois heures, Charlotte ne quittait pas la proue du bateau. Dès l'embarquement, elle avait jeté son bagage sur le pont et, sans un mot, elle s'était postée à l'avant, les mains agrippées au bastingage, le regard fixé vers l'horizon. Elle cherchait l'île.

Il n'y avait pas d'autre passager à bord de *La Gaaldine* et la brume qui effaçait le paysage lui donnait l'impression d'être seule au monde, ce qui, d'une certaine façon, reflétait la réalité. Sur bâbord, deux goélands accompagnèrent un temps le navire avant de disparaître l'un après l'autre dans le brouillard.

Ce fut d'abord une ligne d'un gris plus soutenu qui, au fur et à mesure de l'avancée du chalutier, vira progressivement au noir. Mais ce n'était rien encore, juste la possibilité d'une île.

Il fallut dix bonnes minutes de navigation supplémentaire pour qu'un relief émerge de l'eau et que Charlotte contemple le lambeau de terre où, désormais, elle allait vivre.

– Angrisey, fit derrière elle la voix du capitaine.

Il avait prononcé ce mot comme s'il regrettait de lui avoir confié un secret. Elle ne répondit pas. Sur cette mer calme, il lui semblait que la masse sombre glissait vers elle en silence, tel un gigantesque animal marin dérivant à la surface des flots.

Instinctivement, elle resserra autour de sa poitrine la doudoune dans laquelle elle s'était emmitouflée et enfonça un peu plus le bonnet de laine rouge sur ses oreilles. Elle distinguait maintenant les rochers solitaires qui défendaient l'île et la végétation fragile qui ondulait sur ses collines. Aucune trace de vie n'animait ce petit bout du monde.

– Le lycée se trouve sur la côte nord, dit encore le capitaine. Sur l'autre rive. D'ici, on ne peut pas l'apercevoir…

Sans se retourner, elle acquiesça. Poussée par la force tranquille de son vieux moteur, *La Gaaldine* contourna lentement l'île. Charlotte en mesurait maintenant l'étendue sauvage, l'âpreté et l'impression de solitude désespérée qui émanaient de la lande séchée par les vents. Angrisey, la plus septentrionale des îles anglo-normandes, protégeait sa rude beauté de l'affluence des touristes en se maintenant solitaire à l'écart des routes maritimes, hors des eaux territoriales françaises et anglaises.

Sur le site qu'avait consulté Charlotte quelques jours avant son départ, elle avait lu que l'ancienne demeure d'un lord qui possédait toute l'île avait été transformée en lycée par ses héritiers une trentaine d'années auparavant.

Seul à la pointe nord qui achevait le relief de l'île en une falaise abrupte, le bâtiment restauré s'était vu adjoindre des dépendances que l'on avait aménagées pour les besoins de l'enseignement. Il accueillait une petite centaine de jeunes filles dans des conditions de confort qui justifiaient les prix affichés.

Immobile face aux embruns, Charlotte contemplait ce morceau de roche émergé en pleine mer. En fait, il ne l'effrayait pas plus que les autres établissements qu'elle avait connus. Pas moins non plus. Mais, comme toujours, elle dissimulait ses émotions au plus profond d'elle-même. Personne ne devait soupçonner qu'elle n'arrivait pas à Angrisey par hasard.

Le moteur ralentit son battement régulier. Au pied de la masse rocheuse, une jetée de béton attendait le seul bateau qui assurait la liaison avec le continent et, derrière, un escalier taillé dans la roche zigzaguait jusqu'au sommet où l'on devinait les toitures de l'établissement. Au point d'amarrage, deux silhouettes noires patientaient. Charlotte réprima un frisson.

Mme Bell

Lundi 12 octobre 2015

– Il me semble que nous avons fait le tour des aspects administratifs, dit Mme Bell avec un sourire appliqué. L'année scolaire étant déjà commencée, votre arrivée tardive vous demandera de redoubler d'efforts afin de vous mettre à niveau. Vos camarades ont entamé le programme depuis…

La proviseure se retourna vers le calendrier mural.

– … depuis près de six semaines ! acheva-t-elle en hochant la tête, soulignant ainsi le travail à accomplir.

Elle se faisait un point d'honneur à recevoir personnellement une à une les nouvelles pensionnaires pour faire leur connaissance et leur exposer les règles qui régentaient la vie du lycée.

Charlotte avait écouté d'une oreille distraite les consignes énumérées par cette femme qui se voulait enjouée mais dont le bureau trahissait la rigueur. Rien de personnel sur ces murs ni sur les meubles. La décoration spartiate se limitait au strict nécessaire.

– Nos hôtes… c'est ainsi que j'aime appeler nos élèves, nos hôtes sont logées par chambres de deux dans l'aile est du manoir. Bien que la rentrée ait eu lieu il y a plus d'un mois, j'ai accepté de vous recevoir en cours de trimestre, étant donné votre… situation.

Elle parlait d'une voix sèche, légèrement métallique, s'évertuant à être précise. Efficace.

– Mademoiselle Claudon, votre colocataire, vous attend. Je lui ai demandé de vous faire visiter notre établissement et de vous exposer vos droits et surtout vos devoirs. Plus vite vous les assimilerez, plus vite vous pourrez vous mettre au travail. N'oubliez jamais que l'objectif premier de Linton Hill reste la réussite de chacune de nos élèves.

Elle laissa passer quelques secondes de silence afin que ses propos prennent tout leur sens puis, avec une extrême solennité, elle ouvrit un tiroir sur sa gauche. On aurait pu croire qu'elle allait en extraire un des joyaux de la Couronne d'Angleterre. Mais non. Elle en sortit un carnet bleu de Prusse qu'elle garda un temps dans ses mains comme si elle hésitait à confier ce trésor à la nouvelle élève.

– Voici le règlement intérieur de l'établissement, lâcha-t-elle enfin. Je vous invite à en prendre connaissance avec le plus grand soin et, surtout, à observer strictement chacune de ses consignes. Avez-vous des questions ?

– Non madame.

– Très bien, dans ce cas je vous abandonne à mademoiselle Claudon.

Affichant toujours son large sourire, la proviseure se leva, raide, serrant ses mains l'une dans l'autre contre sa poitrine. Bien que le bureau les cachât, Charlotte fut persuadée que les jambes de cette femme étaient tendues en un impeccable garde-à-vous, les deux pieds bien parallèles.

– Merci madame, répondit-elle d'une voix neutre.

Avant que la jeune fille ait refermé la porte derrière elle, Mme Bell la rappela :

– Je préférerais que vous portiez votre uniforme dès maintenant. Nous souhaitons éviter que les choix vestimentaires de nos hôtes soulignent des différences qui n'ont pas raison d'être dans ces murs.

– Bien madame.

Et elle referma la porte.

Une disparition

Lundi 12 octobre 2015

– Ça me semble étrange d'être ici à cette heure-ci. Normalement, nous n'avons pas le droit de rejoindre les chambres dans la journée, sinon on prend une heure de colle.

Émilie Claudon était ravie de son rôle de guide qui lui permettait d'échapper au cours de maths. Elle avait déjà conduit Charlotte dans le réfectoire que l'on devait absolument appeler la salle à manger pour ne pas déplaire à Mme Bell, la lingerie, où elle lui avait précisé que les élèves de seconde devaient déposer leur linge le jeudi et pas un autre jour, et au CDI où Charlotte avait emprunté un recueil de poésies, initialisant ainsi son inscription.

Elle avait été étonnée que l'on écrivît encore le nom des emprunteuses sur une fiche collée en page de garde.

– L'ordinateur ne sert que pour les recherches sur Internet, avait précisé Émilie.

– On a le droit d'envoyer des mails ?

– C'est toléré, oui. Par contre, réjouis-toi, tu vas faire de sérieuses économies sur ton forfait de téléphone.

– Mais il n'y a pas de réseau ? s'inquiéta Charlotte.

– Pas la moindre barrette.

Maintenant, elles arpentaient le premier étage, où l'on avait installé les chambres des pensionnaires.

– Il paraît qu'à l'époque de la splendeur de Linton Hill cette aile était réservée aux visiteurs de marque, mentionna la lycéenne.

Apparemment, les anciennes pièces avaient été divisées en une succession de chambres aux dimensions plus modestes.

– Tu pourras ajouter ton nom sur notre porte. C'est l'avant-dernière, là-bas, la onze. Celle-ci est celle de Sarah et Julie, puis Mélanie et Audrey, Morgane et Kahina…

– Doucement ! Je ne suis pas certaine de me rappeler tous ces prénoms d'un coup, l'interrompit Charlotte.

– OK, alors juste nos voisines : Camille et Amandine, la chambre d'avant. Elles sont dans notre classe… Sympas.

– Et de l'autre côté ?

– La douze ? Personne. La pièce est condamnée.

– Pourquoi ?

Émilie hésita un instant avant de répondre.

– Une histoire, l'année dernière. Je n'étais pas là. Une fille qui logeait ici a disparu et…

– Quand on ne sait rien, on se tait, fit une voix dans une chambre située en vis-à-vis, de l'autre côté du couloir.

Appuyée contre le chambranle de sa porte, grande, épaules étroites, une fille se tenait les bras croisés.

– Vous faites quoi, ici, les petites secondes ? leur demanda-t-elle.

– On visite le lycée, Charlotte vient d'arriver. Ordre du Dindon !

– Et ça comporte de déballer des ragots ?

– Ça va, Élisabeth. Je n'ai rien raconté, alors…

– De toute façon, tu ne sais rien. Personne ne sait rien.

– Et toi non plus.

– Tu crois ce que tu veux.

Avant qu'Émilie ait pu lui répondre, la jeune fille recula et claqua la porte. Les deux élèves de seconde restèrent un instant silencieuses puis, toujours sans un mot, elles pénétrèrent à leur tour dans leur chambre.

– Elle joue les mystérieuses mais elle n'en sait pas plus que les autres, et ça, elle ne l'a pas digéré. Élisabeth partageait la chambre de Catherine et lorsque celle-ci a fugué…

Charlotte sembla ne pas réagir. Elle se contentait d'enfiler son uniforme, pull gris à liseré bordeaux, jupe assortie. Émilie alla s'accouder à la fenêtre. La brume avait fini par se lever et un soleil d'automne dorait la lande.

– Moi, je ne sais pas si j'aurais eu le courage de sauter d'ici.

– Sauter ?

– Le soir de sa disparition, le lycée était fermé. Catherine n'a pu fuguer que par la fenêtre de leur chambre… Et Élisabeth ne s'est aperçue de rien.

Charlotte rangea ses vêtements dans la penderie, en referma doucement la porte avant de rejoindre sa compagne. Devant elles se déployait la terrasse d'honneur du manoir et sur leur droite trônait le bâtiment principal en pierre grise.

– Au rez-de-chaussée, c'est l'administration.

– Oui. J'en viens.

– Un peu sinistre comme façade, non ? commenta Émilie.

– On dirait un décor de film en costumes, genre vieille Angleterre…

– Ça devait encore être l'ambiance au siècle dernier. Lors des temps libres, nous avons le droit d'aller jusqu'au parterre de roses que tu vois là-bas. Pas au-delà, sinon une heure de colle.

– Le Dindon, demanda Charlotte, c'est madame Bell ?

– Oui. Parce qu'elle est toujours digne, répondit Émilie en plissant les yeux. Et maintenant, je t'emmène dans mon lieu préféré.

Avant de quitter l'appui de la fenêtre, Charlotte jeta un coup d'œil au parterre qui courait au pied du bâtiment. Sauter de cette hauteur ne lui aurait pas fait peur. Mais elle jugea préférable de n'en rien dire.

Une visite

Lundi 12 octobre 2015

Elles s'engagèrent dans l'escalier dont les murs étaient ponctués de portraits tristes et solennels.

– Je ne t'ai pas présenté la lignée des Linton, depuis leur lointain ancêtre jusqu'à la plus récente héritière.

Les portraits s'étageaient avec un indéniable air de famille : la plupart d'entre eux arboraient un menton légèrement proéminent. Ils se ressemblaient au point qu'on aurait pu en confondre certains. On ne les distinguait que grâce au style des tableaux et aux vêtements qu'ils portaient.

Charlotte n'y prêta qu'une attention distraite. Elle s'arrêta pourtant devant le dernier cadre : une photographie de Mme Bell.

– La proviseure est l'héritière de la famille ? demanda-t-elle.

– … Et la propriétaire des murs, oui.

– Ils n'ont pas l'air de s'être beaucoup amusés dans leur vie ces gens-là.

– La tradition demeure…

Elles contournèrent les dépendances pour s'approcher d'un bâtiment bas. Une odeur forte en trahissait la destination.

– Les écuries, devina Charlotte.

– Il y a douze chevaux, tous bais. Nous les montons par demi-classe. Ou pendant nos temps libres. C'est ce qu'il y a de mieux à faire à Linton Hill. J'adore l'équitation. Pas toi ?

– Ça va.

– Et celui-ci est mon préféré, Incendiaire. Il est beau, n'est-ce pas ?

Sans répondre, Charlotte flatta la puissante encolure. Le cheval se tourna légèrement vers elle dans l'espoir d'un morceau de pain ou de sucre. Il renifla la main qui lui caressait le bout du nez avant de s'en détourner.

– On monte souvent ? demanda Charlotte.

– Au moins une fois par semaine. Également le mercredi, et parfois le week-end… si nous ne sommes pas collées.

Elles restèrent un instant immobiles près de l'animal.

– Tu viens d'où ? s'enquit Émilie.

– De l'Yonne.

– Pourquoi n'étais-tu pas là dès la rentrée ?

– Un… contretemps, répondit évasivement Charlotte en sortant du box.

Elle n'avait pas envie de raconter les circonstances de son renvoi. Charlotte s'était opposée au chef d'établissement en des mots très crus, trop crus. Elle avait voulu prendre la défense d'une camarade de classe qu'elle croyait injustement punie. Et elle s'était trompée.

On lui avait pardonné son erreur et le conseil de discipline avait même salué son esprit de solidarité. Mais il ne pouvait laisser passer les propos qu'elle avait tenus à l'encontre du proviseur et on l'avait exclue. Il avait été très difficile de trouver un lycée qui l'acceptât en cours d'année.

C'est en cherchant sur Internet que Charlotte avait repéré Linton Hill et l'avait signalé à son père.

Par chance, il y restait une place et elle avait été acceptée malgré un dossier scolaire faisant état de ses dernières incartades.

Enfin… Tout cela était la version officielle que Charlotte avait servie à son père sur le point de partir en poste en Afrique. La réalité avait été légèrement différente : Charlotte avait effectué des recherches sur Linton Hill *avant* de déclencher l'incident qui avait provoqué son renvoi.

Émilie la rejoignit à l'extérieur.

– J'ai le droit de t'emmener visiter le parc, dit-elle, mais habituellement, nous ne pouvons y aller qu'accompagnées sinon…

– … une heure de colle ?

– Pile-poil, répondit-elle avec un sourire complice.

Le vert de l'herbe qui bordait les parterres de fleurs jaunissait au fur et à mesure que l'on s'éloignait du lycée comme si l'île reprenait ses droits, substituant à l'ordonnancement d'un jardin la véritable nature de la lande sauvage. Vers l'est, la falaise interrompait brutalement le paysage végétal au profit des lointains marins et, du côté ouest, les frondaisons d'une forêt de frênes et de noisetiers fermaient la perspective.

– Il y a d'autres habitants dans l'île ? demanda Charlotte.

– C'est le désert absolu. Les profs, tout le personnel vit à Linton Hill. Certains s'échappent le week-end. Il y avait un village autrefois à l'autre bout de l'île, Gondal, mais il est en ruine aujourd'hui. Nous n'avons pas le droit d'y aller, sinon…

Charlotte pointa un index en l'air, les sourcils interrogateurs.

– Non, là c'est au moins deux heures de colle !

Tout en marchant dans l'herbe, Émilie arracha la fine tige d'une graminée qu'elle se mit à suçoter.

– Il fait quoi ton père ? demanda-t-elle.

– Militaire. En Afrique en ce moment.

– Et ta mère ?

– Elle est morte, répondit Charlotte.

– Dur…

– Je l'ai à peine connue. J'avais trois ans quand… Un accident. Et toi ?

– Mes deux parents travaillent à Paris, ils sont débordés, grosse vie mondaine… Tu sais ce que c'est, ma chérie…

Émilie avait pris un ton exagérément précieux censé imiter celui de sa mère.

– Ça tombe bien, moi je préfère la nature, conclut-elle d'un ton détaché qui cherchait à cacher ses blessures.

D'un geste leste de la main, elle sembla effacer cette question.

– Bon, il nous reste le gymnase, les salles d'étude et le foyer. Il faut que nous soyons à table à douze heures trente exactement, sinon…

– Ça, je crois que j'ai compris.

Catherine

Lundi 12 octobre 2015

Le soir, lorsque Charlotte se glissa dans son lit, elle tenta d'ignorer le poisseux sentiment de solitude qui, à nouveau, l'étreignait. Émilie était sympa, mais elles ne se connaissaient pas encore suffisamment et rien ne laissait entendre qu'un jour, elles puissent se prétendre intimes. Au cours de la journée, elle avait croisé des visages, élèves, profs, personnel de service, tout un monde qui désormais serait le sien.

Elle pensa à son père, en mission dans les chaleurs de l'Afrique et dont les courriers seraient rares. Elle était habituée à ne recevoir que de laconiques messages qui encombraient peu sa boîte mail…

Aussitôt les lumières éteintes, le souffle d'Émilie se fit régulier, apaisant. Alors, et alors seulement, Charlotte s'autorisa à penser à Catherine…

Elle avait fait sa connaissance quatre ans plus tôt, dans un pensionnat de l'Yonne, l'une en sixième et l'autre en quatrième.

Telle la grande sœur que Charlotte n'avait jamais eue, sa nouvelle amie l'avait prise sous son aile. Elles s'étaient trouvé des points communs : orphelines de mère toutes les deux, père souvent absent, un même goût pour les livres et le rêve, plus tard, d'une vie passionnante. Ainsi, pendant deux ans, Catherine avait été sa seule amie et même sa seule famille. Elle l'avait quittée pour le lycée, deux ans plus tôt, en venant ici, à Linton Hill.

Les premiers mois de leur séparation, les deux amies avaient échangé une correspondance nourrie jusqu'à ce silence, brutal, que rien ne laissait présager et qui rongeait Charlotte depuis dix mois. Aujourd'hui, elle se retrouvait là où avait séjourné son amie et, plus que tout, elle espérait comprendre où et pourquoi elle avait disparu.

Plongée dans ses souvenirs et ses espoirs, Charlotte n'eut pas conscience de s'enfoncer dans le sommeil de sa première nuit à Linton Hill.

La chambre interdite

Mardi 13 octobre 2015

Charlotte fut réveillée au plus noir de la nuit par le claquement d'un volet. Mais non. Ce n'était pas un volet. On refermait les portes d'une penderie.

Elle se redressa à demi. Dans la chambre on ne percevait que le souffle calme d'Émilie. La jeune fille demeura aux aguets. Elle perçut une fois encore ce bruit sec d'une porte que l'on repousse. Il provenait de la chambre voisine. Pas celle de Camille et Amandine, mais celle qui était condamnée. La chambre douze.

C'était maintenant clair et distinct : quelqu'un fouillait cette pièce.

Charlotte jeta un coup d'œil à son téléphone. Une heure quarante-cinq du matin. Elle serait épuisée le lendemain si elle ne se rendormait pas, mais... Il se pouvait que, de l'autre côté de la cloison, se trouvent les réponses aux questions qu'elle se posait concernant la disparition de son amie. Qui s'amusait à visiter une chambre interdite en pleine nuit ? Se pouvait-il que ce soit Catherine ? Et pour quelle raison avait-on condamné une pièce par laquelle une pensionnaire avait fugué ? Recelait-elle un secret ? Élisabeth, qui avait partagé cette chambre avec la disparue, le savait peut-être...

Comme toujours, Charlotte ne pouvait empêcher son imagination d'échafauder des scénarios mais elle hésitait à passer à l'action.

Et soudain, il y eut deux Charlotte. L'ange et le démon.

Il y avait la Charlotte raisonnable qui martelait qu'elle devait dormir et ignorer tout ce qui ne la concernait pas, et puis il y avait l'autre, l'aventurière, celle qui ne pouvait se contenter d'une vie sage et plate, prudente et résignée. Ce fut cette seconde Charlotte, celle qui avait tout organisé pour se retrouver à Linton Hill sur les traces de Catherine, qui se rendit à la fenêtre.

Entre le corps de bâtiment principal et celui des chambres, la terrasse s'étendait dans la clarté de la lune, déserte et calme. Elle fit un pas vers la porte de la chambre et jeta un coup d'œil dans le couloir. Vide. À côté, les bruits de fouille se poursuivaient.

Charlotte mit un pied dans le couloir, s'approcha de la chambre voisine et colla son oreille contre la porte avant de s'accroupir pour regarder par le trou de la serrure.

D'abord, elle ne vit rien. Juste la fenêtre, au fond, grande ouverte sur la nuit. Soudain, un bras passa dans son champ de vision, puis un corps qui allait et venait dans la pièce. Contrairement à ce qu'elle espérait, il ne s'agissait pas de Catherine, mais d'un jeune garçon qu'elle n'avait pas croisé depuis son arrivée à Linton Hill. Elle ne parvenait pas à apercevoir ses traits. Il portait des vêtements démodés et s'éclairait à l'aide d'une bougie. Qui cela pouvait-il être ?

L'inconnu recula au fond de la chambre, révélant son visage. Il avait douze ou treize ans, pas plus. La pâleur de la lune accrocha sa tignasse blonde délavée. Il gardait son poing serré, comme s'il détenait quelque chose de précieux.

Son regard balaya la pièce, puis il moucha la bougie avant d'enjamber l'appui de la fenêtre. Et, brusquement, il disparut dans la nuit.

Charlotte resta quelques secondes encore à observer la pièce vide. Autour d'elle, le calme absolu qui régnait aurait pu lui faire croire qu'elle avait rêvé mais l'odeur caractéristique de la cire fondue qui lui chatouillait les narines confirmait que la visite de ce garçon avait été réelle.

Elle tenta alors de pénétrer à son tour dans la chambre douze et tourna doucement la poignée…

Inutile : la porte était fermée à clef.

Elle scruta une dernière fois la pièce par le trou de la serrure. À travers la fenêtre laissée grande ouverte, elle ne pouvait que contempler les étoiles qui brillaient dans le ciel nocturne. Alors elle regagna sa chambre pour observer l'esplanade déserte.

Étrangement, la lune était totalement masquée par les nuages. Au sol, aucune trace du visiteur. Elle se pencha pour voir s'il n'était pas resté plaqué contre la façade, mais non, personne.

C'est alors qu'en tournant la tête Charlotte sentit son estomac se nouer. Là, à quelques mètres d'elle, les volets de la chambre douze étaient soigneusement condamnés par deux barres de bois clouées de l'extérieur.

Des questions

Mardi 13 octobre 2015

Réveil, toilette, petit-déjeuner, puis les cours, la journée s'organisa dans la banalité. Alors que Charlotte suivait avec attention les consignes de ses professeurs, prenait des notes d'une écriture appliquée et cherchait à se fondre dans l'univers des jeunes filles en gris, elle repensait aux étranges événements qui s'étaient déroulés pendant la nuit.

Comment le garçon avait-il pu refermer les volets de l'extérieur et les clouer pendant qu'elle rejoignait sa propre fenêtre ? C'était impossible, surtout au premier étage ! D'où venait-il ? Pourquoi était-il là ? Sa visite avait-elle un rapport avec la disparition de Catherine ?

Élisabeth en savait-elle davantage que ce qu'Émilie laissait entendre ? Elle s'efforça d'ignorer momentanément ce mystère pour se concentrer efficacement sur son travail… sans y parvenir.

Pendant le déjeuner, elle s'installa face à Émilie et lui demanda nonchalamment :

– Les profs et le personnel vivent ici ?

– La plupart d'entre eux.

– Et leurs enfants ?

– Aussi, Coralie est la fille du prof de maths.

– Et pour les plus jeunes ?

– Ben, non. Il n'y a pas de primaire ni même de section collège sur l'île.

Émilie qui s'était montrée si enjouée la veille répondait d'une voix éteinte. Elle affichait un regard morose et chipotait dans son assiette sans avaler la moindre bouchée de l'odorant gratin qu'on leur avait servi. Charlotte insista pourtant :

– Et… il y a un garçon qui vit ici ?

Indifférente, sa camarade leva sur elle des yeux fatigués.

– De quoi tu parles, Charlotte ? Ici, c'est un lycée de filles, au cas où tu ne l'aurais pas remarqué.

Au début de l'après-midi, Émilie fut prise de nausées et M. Peirano, le professeur d'anglais, demanda à ce qu'on l'accompagne à l'infirmerie. À la fin des cours, Charlotte fut autorisée à lui rendre visite.

– Ils ont commandé le cercueil ? demanda Émilie.

– Ben, non. Au prix du chêne ils ont préféré un sac de jute. À moins que tu t'en sortes, ce qui semble l'hypothèse retenue.

– En tout cas, ils me gardent pour la nuit.

– Chic ! Je n'aurai pas à supporter tes ronflements.

– Deuxième nuit à Linton Hill et tu disposes déjà de notre palace pour toi seule. Il n'y a pas de justice…

– Je vais avoir la trouille, fit Charlotte en roulant des yeux.

– T'inquiète, le fantôme de Linton Hill ne bosse pas le mardi.

Charlotte fit mine de rire mais la remarque de son amie lui rappela ce qu'elle avait observé la nuit précédente et elle ne put s'empêcher de réprimer un frisson.

– En attendant que je revienne t'envahir, enchaîna Émilie, tu pourrais me rapporter mon pyjama et mes affaires de toilette ?

– À cette heure-ci ? Je croyais que l'accès aux chambres n'était autorisé qu'à partir de…

– Permission spéciale pour respecter les dernières volontés d'une mourante, l'interrompit Émilie. File ! Je t'attends.

Un étrange cavalier

Mardi 13 octobre 2015

Charlotte prit l'initiative d'ajouter aux effets demandés le livre qui traînait sur la table de nuit d'Émilie. Elle y joignit deux magazines qu'elle avait emportés et glissa le tout dans un sac en plastique.

En passant devant la chambre vide, elle ralentit. L'étage était désert et personne ne risquait de la surprendre, aussi ne put-elle s'empêcher de jeter un coup d'œil par la serrure. Il n'y avait strictement rien à voir sinon ce mystère renouvelé de la fenêtre grande ouverte sur le jour finissant. Quelques minutes auparavant, depuis sa chambre, elle avait vérifié que les volets étaient toujours cloués.

Machinalement, elle posa la main sur la poignée. Cette fois, la porte s'ouvrit.

La pièce était identique à leur chambre. Deux lits, des étagères, deux bureaux, deux chaises, mais tout paraissait abandonné. Avec émotion, Charlotte osa quelques pas sur le parquet. Elle pénétrait pour la première fois dans la chambre où avait vécu son amie disparue et elle ne put s'empêcher de penser que ces meubles avaient été témoins de ce qui s'était passé, mais que, bien sûr, ils ne lui apprendraient rien.

Elle ouvrit pourtant un tiroir, caressa le dossier d'une chaise, examina les étagères, sans rien trouver. Le ménage semblait avoir été fait. Elle s'approcha alors de la fenêtre.

Sur sa droite, le bâtiment principal de Linton Hill, immuable, se dorait sous le soleil, mais ce n'est pas ce qui l'intrigua. Il lui semblait que le parterre de roses s'organisait différemment, plus épanoui que ce qu'elle avait observé la veille. Elle examina les volets qui ne révélèrent rien de particulier… Pour le reste, tout paraissait normal.

Elle allait se retirer lorsqu'elle aperçut une femme d'une cinquantaine d'années, vêtue d'une robe noire sous un long tablier blanc qui sortait par la porte principale. Une coiffe en dentelle et un petit col également en dentelle complétaient sa tenue qui la désignait sans aucune ambiguïté comme une domestique ainsi qu'on les représentait dans les films.

Jusqu'à présent, Charlotte ne l'avait pas croisée et elle se demanda quelle pouvait être la fonction de cette inconnue à Linton Hill. Peut-être était-elle au service exclusif de Mme Bell ? Étrangement, la femme tenait à la main une cravache et elle restait immobile, le visage tourné de l'autre côté du manoir.

À ce moment, un cheval apparut. Sortant des écuries, il était monté par un jeune homme blond de dix-sept ou dix-huit ans peut-être, un peu trop élégant, culotte de cheval, veste d'équitation et, plus surprenant, cravate et gilet. Une casquette portée avec un soupçon d'arrogance achevait de lui conférer une allure aristocratique. Que faisait ce garçon dans un internat de filles ? Surtout déguisé comme il l'était…

Le cavalier s'avança jusqu'à la femme, attrapa négligemment la cravache et tourna sa monture vers le sud et la vaste étendue sauvage.

Toujours au pas, il traversa l'esplanade gravillonnée et leva soudain la tête. Surprise, Charlotte n'eut pas le temps de se dissimuler. Le cavalier retint son cheval, ôta sa casquette et la salua d'un léger signe de tête.

Malgré son flegme affiché, la jeune fille devina que lui non plus ne s'attendait pas à la voir. Il resta un instant à l'observer puis lui lança :

– Nous n'avons pas encore eu la chance de nous rencontrer. Décidément, cette fenêtre offre de bien jolies surprises.

Charlotte fit un pas en arrière. C'était stupide puisqu'il l'avait vue, mais elle n'aurait jamais dû se trouver dans cette pièce. « Pas d'histoires. »

– Seriez-vous une amie de… ?

Il ne termina pas sa phrase. Intrigué, il fit exécuter une courte volte à son cheval impatient.

Il reprit :

– Voudriez-vous vous joindre à moi ? J'imagine que les belles apparitions de votre genre peuvent s'apprivoiser entre elles…

Plaquée contre le mur de la chambre, Charlotte restait muette. Dans les propos apparemment incohérents de cet inconnu, elle se demandait si elle ne devait pas lire des allusions à Catherine.

Le jeune homme voulait-il se servir d'elle ? Dans quel but ?

Il avait d'ailleurs l'air de plus en plus séduit par son idée et cherchait encore à la convaincre de l'accompagner.

– La promenade à cette heure-ci est un véritable délice, insista-t-il. Il faut, une fois dans sa vie, avoir contemplé le soleil iriser les toitures de Gondal.

Charlotte hésitait à lui répondre. Et s'il savait où Catherine s'était enfuie ?

Devant son silence têtu le cavalier se résolut à partir mais, avant de lancer son cheval, il lâcha avec espoir :

– Puisque vous semblez décliner mon offre, je forme le vœu de vous retrouver ce soir au dîner. Je…

Il s'interrompit une fois encore avant d'ajouter avec un sourire malicieux :

– Marie nous a concocté une poêlée de rutabagas qui devraient être juste mangeables. Je demanderai à Mère qu'elle nous place côte à côte. Je suis persuadé qu'elle ne verra aucun inconvénient à recevoir un elfe à sa table…

À ces mots, l'estomac de Charlotte se noua. Vu son âge, se pouvait-il que cet inconnu soit le fils de Mme Bell ? S'il parlait de leur rencontre à sa mère, elle risquait d'avoir de sérieux ennuis. Devant son mutisme, le jeune homme remit sa casquette, ajusta les rênes et prit le trot.

Alors qu'il s'éloignait dans la lande jaune, Charlotte remarqua qu'il montait un cheval gris.

Comme dans un roman

Mardi 13 octobre 2015

– Blond, tu es sûre ?

– Oui, dix-sept ans. Environ. Un air de famille avec les tableaux de l'escalier.

Émilie grimaça une moue d'incompréhension.

– Peut-être un cousin que le Dindon a invité, suggéra-t-elle. Après tout, elle est chez elle…

– Lui aussi. Je veux dire, il semblait vraiment très à l'aise.

– Ce que je ne m'explique pas, c'est que tu l'aies vu monter un cheval gris. Pour ce que j'en sais, il n'y en a pas d'autre que ceux de l'écurie, et ils ont tous une robe baie…

– Et ailleurs sur l'île ?

– Il faudrait l'explorer pour le savoir. Moi, on m'a toujours expliqué que c'était le désert.

– Il m'a proposé d'aller contempler Gondal. Il a dit ça : « contempler ».

– Tu veux dire qu'il parle comme un dictionnaire, quoi.

– Oui. Ou comme dans un film. Ou plutôt comme dans un roman. Tu as déjà lu Jane Austen ou les sœurs Brontë ?

– Non. De toute façon, pour ce que j'en sais, le village n'est plus qu'un champ de ruines. Tu l'as vu où, en fait ?

– Sur la terrasse, devant le lycée, depuis… depuis la fenêtre de notre chambre, mentit Charlotte.

– Trop bizarre !

Elles se turent un instant. Charlotte n'avait pas évoqué ses soupçons concernant Catherine, ni les allusions à une apparition ou à un elfe. De plus, sa curiosité était piquée par ce village abandonné qu'elle aurait aimé visiter mais, là encore, elle resta silencieuse.

– Tu as dit : mignon ? reprit Émilie.

– Je ne sais pas… Non. Plutôt le genre qui s'y croit.

– Crâneur ?

– Un peu, oui.

– De toute façon, s'il y a un petit prétentieux qui traîne dans les parages, pas de doute qu'on va entendre les filles en parler rapido, conclut Émilie.

Confidences

Mardi 13 octobre 2015

Le soir, au dîner, Charlotte se retrouva seule. Elle n'avait pas encore lié de relations avec les autres filles de sa classe qui se réunissaient par groupes déjà constitués. Lorsqu'elle pénétra dans la salle à manger, son plateau entre les mains, elle hésita avant de s'installer à la table qu'elle avait occupée à midi.

Elle se servit un verre d'eau et resta un instant le geste suspendu, pensive. « Ce cavalier, quel type étrange », songea-t-elle. Il ne devait pas être beaucoup plus âgé que la plupart des filles qui étudiaient ici, mais, à cause de ses vêtements, de sa façon de parler, de se tenir, il semblait déjà adulte, désuet.

« Peut-être est-ce dû à son éducation ? Continue-t-on à se comporter ainsi chez les aristos insulaires ? » Elle avala une gorgée d'eau. « Appeler sa mère *Mère*, à ce niveau, ce n'est plus ringard, c'est… historique. Je parierais qu'il la vouvoie… »

Elle reposa son verre et picora distraitement son entrée. Elle avait l'impression que ce garçon aurait pu lui apprendre quelque chose sur la disparition de Catherine. Avait-elle eu tort de ne pas le suivre ? Peut-être devrait-elle se risquer à explorer les ruines de Gondal. D'ailleurs, pour quel motif Mme Bell en avait-elle interdit la visite ? Pour des raisons de sécurité ?

Elle terminait sa salade d'endives lorsqu'un plateau vint se poser devant le sien. Elle leva la tête.

– Je peux ? demanda Élisabeth.

Charlotte haussa une épaule indifférente. L'élève de terminale s'installa et attaqua son dîner en silence. Elle en ignora l'entrée, découpa le blanc de poulet en morceaux minuscules qu'elle entreprit d'avaler l'un après l'autre sans quitter sa voisine des yeux, puis, repoussant la purée de brocolis, elle lança :

– Cet après-midi, à l'heure de l'étude, j'étais dans ma chambre…

Charlotte releva la tête.

– À l'heure où c'est interdit, insista la jeune fille.

Elle avait maintenant entrepris d'éplucher une granny-smith en s'appliquant pour en tirer une seule et longue pelure ininterrompue.

– Tu l'as vu ? lâcha-t-elle d'un ton négligent.

– Qui ?

– Alfred.

Et comme Charlotte ne comprenait pas, elle précisa :

– Le type blond, par la fenêtre…

– De quoi tu parles ? répondit la plus jeune, sur la défensive.

– Avant sa disparition, Catherine m'a raconté qu'elle avait vu ce garçon par la fenêtre de notre chambre. Elle est allée le retrouver.

– Qui ?

– Ben, Alfred.

Elle quitta sa pomme des yeux et darda son regard dans celui de Charlotte en ajoutant :

– Tu sais, comme ce portrait, dans l'escalier…

Charlotte avait posé ses couverts et cachait son trouble derrière un verre d'eau.

Élisabeth poursuivit d'une voix moins assurée :

– Elle a essayé de me le montrer mais je n'ai jamais pu le voir…

Elle avait lâché ces mots d'un air un peu gêné.

– Pourquoi tu me racontes ça ? demanda Charlotte.

– Je ne l'ai jamais dit à personne.

– Alors pourquoi à moi ?

– J'ai aperçu ton visage lorsque tu es sortie de notre ancienne chambre, tout à l'heure. Tu avais la même expression que Catherine. Tu l'as vu.

« Pas d'histoires, se répéta Charlotte. Ne rien révéler… »

– Tu t'es fait un film, dit-elle.

– Catherine a d'abord cru qu'il s'agissait d'un fantôme, poursuivit Élisabeth sans tenir compte des dénégations de la nouvelle. Et puis…

Elle croqua dans sa pomme comme si elle hésitait à continuer.

– Et puis elle a fini par le rejoindre.

Élisabeth laissa encore passer un temps de silence. Elle semblait se replier par à-coups dans sa mémoire, à l'époque de sa complicité avec Catherine.

– C’était le 6 décembre, ajouta-t-elle. Le jour où elle est partie.

En l’écoutant, Charlotte se dit que cette fille, drapée dans le mystère de son amitié avec la disparue, devait en réalité se sentir très seule à Linton Hill.

– Et c’est à cause de lui qu’elle n’est pas revenue ? demanda-t-elle.

– Non, non. Pas du tout. Elle a regagné notre chambre au bout de quelques heures sans que personne sache qu’elle était allée se balader avec lui. C’est plus tard que les choses se sont compliquées. Quatre ou cinq jours après, lors de ses sorties suivantes…

– Que s’est-il passé alors ?

– Elle m’a semblé différente. Elle ne riait plus. Enfin, elle était devenue grave tout à coup.

Élisabeth baissa les yeux avant d’ajouter, réticente :

– Elle ne se confiait plus.

– Tu as raconté tout ça à madame Bell et aux parents de Catherine ?

– Non. Je veux dire…

Elle laissa sa phrase en suspens.

– Non, répéta-t-elle.

Charlotte ramassa son plateau et se leva.

– Je ne vois pas en quoi ton histoire me concerne.

Avant qu'elle se soit éloignée, Élisabeth la rattrapa par le bras. Pendant un bref instant, Charlotte craignit d'avoir été démasquée et que sa voisine lût en elle comme dans un livre ouvert. Instinctivement, elle détourna les yeux.

– Si tu apprends quelque chose au sujet de Catherine, tu me le diras, d'accord ?

– Je ne sais pas… Je ne sais rien, répondit Charlotte.

Elle n'était pas certaine d'avoir menti.

Un ruban vert

Mercredi 14 octobre 2015

Le lendemain, mercredi, au début de l'après-midi, les lycéennes avaient quartier libre. Après avoir rendu visite à Émilie, isolée à l'infirmerie par sa gastro, Charlotte décida d'explorer ce domaine qu'elle connaissait encore peu. Un livre à la main destiné à lui donner une contenance, seule, elle se rendit d'abord aux écuries. Plusieurs filles brossaient les chevaux, les préparant pour une balade. Charlotte s'approcha de l'une d'elles.

– Marion ? demanda-t-elle. C'est ça ?

– Exact. Et toi, c'est Charlotte.

Elle acquiesça avec un sourire pâle avant de poursuivre :

– Vous allez vous balader ?

– D'abord un peu d'échauffement dans la carrière, puis nous allons faire un parcours de cross dans le bois Noir.

– Et… que faut-il faire pour monter ?

– À mon avis, pour aujourd'hui, c'est trop tard. Sinon, il faut s'inscrire auprès de madame Balin.

– La prof de gym ?

– Oui. C'est elle qui gère tout ça. Tu montes ?

– Ça m'est arrivé, oui.

– Ce qui est bien c'est que, sur l'île, en balade, tu ne risques pas de te perdre !

Une nouvelle fois, Charlotte se contenta d'un bref hochement de tête.

– Tous les chevaux sont ici ? demanda-t-elle encore. Je veux dire : y a-t-il d'autres box, ailleurs ?

– Sur l'île ? Non, pas que je sache. Pourquoi ?

Charlotte haussa négligemment les épaules.

– Comme ça, dit-elle. Pour savoir.

Marion s'excusa d'un sourire et s'éloigna vers la sellerie.

De son côté, Charlotte reprit sa promenade et acheva de traverser l'écurie. Comme elle s'y attendait, elle ne vit aucun cheval gris.

Elle contourna ensuite le bâtiment administratif du lycée et s'approcha des logements des enseignants dans l'espoir d'apercevoir la domestique en robe noire et surtout le jeune homme blond.

– Que cherchez-vous par ici, mademoiselle Rivière ?

Charlotte reconnut immédiatement la voix métallique de Mme Bell.

– Rien du tout, je me familiarise avec les lieux, madame.

– Vous n'avez donc aucun travail à préparer, aucun cours à revoir ?

– Si, un poème à apprendre, répondit Charlotte en brandissant le recueil qu'elle avait emporté. J'ai cru bon de joindre l'utile au nécessaire…

– Au nécessaire ? Je ne suis pas certaine que rôder de ce côté-ci de l'établissement vous apporte la concentration nécessaire pour mémoriser votre texte.

– Je…

Charlotte serra les dents pour retenir une réponse cinglante. La proviseure n'avait-elle pas de tâche plus urgente que de jouer les surveillantes ? « Pas d'histoires. »

– Bien madame, lâcha-t-elle du ton le plus neutre possible.

Et elle s'éloigna sous le regard inquisiteur de la directrice de Linton Hill.

Lorsqu'elle s'approcha de l'aile abritant les chambres des pensionnaires, elle découvrit qu'une partie de basket avait été improvisée, mobilisant une dizaine de lycéennes. Elle les évita et leva la tête. Au premier étage, les volets de la chambre douze restaient obstinément condamnés par deux barres de bois clouées en travers. Dans l'axe de la fenêtre, à une dizaine de mètres de la façade, un massif de rosiers venait d'être taillé.

Charlotte s'accroupit, feignant de relacer ses baskets, et, après s'être assurée que personne ne lui prêtait attention, elle noua sur la première tige un discret petit ruban vert émeraude qu'elle gardait dans sa poche, de sorte qu'elle puisse l'apercevoir depuis la fenêtre du premier étage. Puis elle se redressa et gagna le bâtiment.

Le premier étage était désert. En dépassant la chambre douze, elle constata que la porte était entrebâillée. Qui s'était permis d'y entrer ?

Elle s'immobilisa et jeta un coup d'œil à l'intérieur. La pièce était déserte.

Elle alla frapper à la porte de la chambre d'Élisabeth, mais personne ne répondit. Alors, après un dernier regard autour d'elle, Charlotte franchit une nouvelle fois le seuil interdit.

Rien n'avait changé depuis sa précédente visite et, comme elle s'y attendait, la fenêtre était grande ouverte sur le parc. Sans hésiter, elle s'en approcha.

En se penchant, elle n'entendit plus les rires ni les cris qui ponctuaient le match de basket. Au-dessus de la lande, le vent étirait les nuages bas avant de les chasser vers le large. Et là-bas, à quelques mètres d'elle, le massif de rosiers, taillé bien plus court que ce qu'elle venait d'observer, ne comportait pas la moindre trace d'un ruban vert.

Bien sûr, cela ne prouvait rien. Quelqu'un pouvait s'en être emparé le temps qu'elle gagne l'étage. Pour l'instant, seul le mystère des volets ouverts ou fermés restait un indice tangible. Quant à la présence d'Alfred, puisque c'est ainsi qu'Élisabeth l'avait nommé, elle pouvait s'expliquer de nombreuses façons.

Charlotte resta immobile quelques instants, indécise. Soudain, contournant le bâtiment, deux épagneuls surgirent sur la terrasse gravillonnée. Ils furent bientôt rejoints par Alfred suivi d'un palefrenier tenant le cheval gris par la bride. Une fois en selle, le jeune homme leva la tête.

– Tiens ! Revoici mon mystérieux fantôme… Je n'ai pas eu le plaisir de vous voir hier soir au dîner. Accepteriez-vous néanmoins de me rejoindre, cette fois-ci ? Je dois aller au village pour une course. Votre présence agrémenterait le déplacement. Sébastien vous aura sellé un cheval en moins de cinq minutes…

– Non, merci, répondit timidement Charlotte.

– Vraiment ? Vous ne pouvez rester recluse en permanence ! Le grand air vous ferait le plus grand bien.

– Une autre fois, peut-être.

– Je prends vos paroles pour une promesse, mademoiselle. Mademoiselle… ?

– Charlotte.

– Alfred Linton, pour vous servir. Mais vous connaissiez sans doute déjà mon nom, n'est-ce pas ?

Comme lors de leur première entrevue, il la salua avant de s'éloigner. Ses deux chiens impatients l'attendaient plus loin, la langue pendante et les oreilles aux aguets. Charlotte les suivit des yeux le plus longtemps possible. Plutôt que de s'engager sur le chemin qui longeait le bois Noir, ils s'avancèrent dans l'herbe sauvage qui couvrait la lande et la jeune fille envia le sentiment de liberté que le jeune homme devait éprouver.

Toujours penchée sur l'appui de la fenêtre, elle aperçut alors, dissimulée dans le lierre qui courait sur la façade, une corde suffisamment longue pour atteindre le sol. Sans doute était-ce la voie qu'avait empruntée Catherine pour s'échapper de sa chambre. Absorbée par sa découverte, Charlotte s'était penchée plus que de raison et, en se relevant, elle laissa échapper son livre. Il alla s'ouvrir dans le parterre d'iris qui longeait le bâtiment.

La panique la saisit. Si un adulte trouvait le recueil, il lui serait difficile d'expliquer sa présence sous la fenêtre de la chambre condamnée. D'autant qu'elle avait écrit son nom sur la fiche en page de garde.

Aussitôt, elle regagna la porte de la chambre, s'assura que la voie était libre et descendit l'escalier quatre à quatre. Dehors, les cris des joueuses lui parvinrent à nouveau. Elle se mit à fouiller le massif d'iris, juste sous la fenêtre. Aucune trace du livre. Elle se retourna alors et découvrit, comme la narguant au bout de sa tige de rosier, son petit ruban de velours vert émeraude mystérieusement réapparu.

Par la fenêtre

Mercredi 14 octobre 2015

Le soir, seule dans sa chambre, Charlotte se remémora les événements de la journée. Quelqu'un avait-il récupéré son livre avant elle ? Qui ? Si cela avait été Mme Bell, elle aurait certainement été déjà convoquée. À moins que…

Une autre hypothèse se faisait jour. Le ruban vert disparu puis réapparu, ces personnes qu'elle ne croisait jamais au cours de la journée et que, jusqu'alors, elle n'avait aperçues que depuis la chambre interdite… tout cela laissait supposer que, par sa fenêtre, on ne voyait pas le même monde que par celles des autres pièces du lycée.

Bien sûr, avec les massifs de fleurs, la lande qui s'ouvrait vers les lointains, le bois Noir en fond de perspective et la présence éternelle de la mer si proche, le paysage qu'on y observait était le même… mais pas tout à fait. Les massifs de roses ne s'épanouissaient pas avec la même vigueur, l'herbe de la prairie se faisait plus haute, la forêt plus sombre. La mer, elle aussi, ne dissipait pas exactement les mêmes embruns.

Oui, la fenêtre de la chambre douze s'ouvrait sur une réalité légèrement différente. Et ce paysage changeant n'était pas le seul élément troublant : Alfred avait évoqué l'existence d'un village alors qu'Émilie n'avait parlé que de ruines, à l'autre bout de l'île. D'ailleurs, il avait suggéré d'y faire une course, ce qui sous-entendait que, pour lui, il était possible d'y rencontrer d'autres personnes.

Presque malgré elle, Charlotte parvenait à une conclusion qui l'effrayait et la fascinait tout à la fois : la chambre douze donnait sur… une autre époque. Évidemment, si elle s'ébruitait, cette idée lui vaudrait un aller simple pour un hôpital psychiatrique avec séjour prolongé en cellule capitonnée et cocktail de pilules bleues et roses à heures fixes. Mais les faits étaient là et elle avait la conviction que, un an plus tôt, Catherine, elle aussi, avait découvert le secret de cette fenêtre. Si elle en croyait Élisabeth, son amie avait pris le risque de franchir l'appui de la fenêtre, de s'aventurer dans ce monde inconnu… et n'en était pas revenue. Mais se pouvait-il que personne d'autre à Linton Hill n'ait observé ce phénomène ? Élisabeth, par exemple, avait été bien placée pour cela. Pourquoi n'en avait-elle rien dit ?

Un instant, elle regretta de ne pas s'être glissée le long de la corde dissimulée sous le lierre de la façade. Pour une fois, elle avait manqué d'audace. Mais, avant de s'aventurer dans ce qui semblait être le passé, il lui fallait en apprendre plus et, pour commencer, se renseigner sur l'histoire du lycée, de son île. Et de ses ruines.

Hypothèses

Jeudi 15 octobre 2015

Le lendemain matin, à l'occasion d'une heure de permanence, elle se rendit au CDI. Mme Garreau, la documentaliste, lui indiqua le rayon des livres sur la région : les îles anglo-normandes, la flore d'Angrisey et quelques ouvrages historiques. La plupart étaient de vieux bouquins défraîchis que personne ne devait avoir consultés depuis longtemps.

Dans une étude sur l'architecture de Linton Hill qui ne lui apprit rien de particulier, elle découvrit la fiche de la dernière emprunteuse. Elle y lut le nom de Catherine Gaskell. Ainsi, son amie disparue avait également mené une enquête…

Mais le livre ne compilait que des informations sur les influences croisées de l'architecture édouardienne et du néogothique dans les demeures de l'aristocratie du XIXe siècle. Ennui mortel garanti.

Elle le reposa et jeta un coup d'œil aux autres ouvrages. Sur le rayonnage voisin, une étiquette indiquait en lettres appliquées : « Patrimoine de Linton Hill ». Il s'agissait de livres aux lourdes reliures de cuir issus de la bibliothèque des anciens maîtres du manoir et dont on avait dû se débarrasser là.

L'un d'entre eux attira son attention. Il était corné et piqueté de moisi comme les livres ayant séjourné trop longtemps dans une pièce humide, mais il lui parut pourtant étrangement familier.

Elle s'en empara délicatement. Il s'agissait du même recueil de poésies que celui qu'elle avait laissé tomber la veille, toutefois l'exemplaire était bien plus ancien, marqué par les années. Elle l'ouvrit avec appréhension. Sur la fiche collée en page de garde, d'une écriture qu'elle ne connaissait que trop, s'étalait, parfaitement lisible : « Charlotte Rivière ».

Son estomac se noua. La présence du recueil était la preuve que la fenêtre s'ouvrait sur le passé. Le livre avait été récupéré quelques dizaines d'années auparavant, là où elle l'avait laissé tomber, et avait vieilli aux côtés des reliures de cuir. Du coup, l'état des pages trahissait son exploration de la chambre douze.

Charlotte aurait pu l'emporter avec elle mais elle jugea préférable de ne laisser aucune trace de son passage dans le temps et pour cela, il n'y avait qu'une seule solution : aller le chercher à l'endroit où elle l'avait laissé tomber, ce qui l'effrayait et l'excitait tout à la fois. Elle repoussa le livre derrière les vieilles reliures brunes. Là, invisible, il serait le témoin de son audace. Si elle parvenait à le récupérer, logiquement il devrait disparaître de cette étagère…

Un portrait

Jeudi 15 octobre 2015

– Il ne faut pas comparer l'idée de démocratie à l'époque de Périclès avec ce que nous connaissons aujourd'hui. Il s'agissait pour les citoyens de débattre et de décider, mais en aucune façon on ne considérait que ces citoyens avaient des droits…

M. Branwell avait le talent de captiver son auditoire. Il menait ses cours d'histoire à la manière d'un conteur qui viendrait faire part de son expérience devant un public choisi. Et comme il était loin d'être laid, sa cote de popularité à Linton Hill battait des records. Avant qu'il enchaînât, une main se leva.

– Oui, Laura-Line ?

– Vous parlez de démocratie, mais, à l'époque, les femmes ne votaient pas, il me semble.

– Tu as parfaitement raison. Et il existait également des esclaves qui évidemment ne votaient pas non plus, cependant…

Tandis qu'il poursuivait son cours, Charlotte n'écoutait que d'une oreille distraite. Depuis la découverte de son livre au CDI, elle tissait et retissait mille hypothèses qui toutes arrivaient à une seule et même conclusion : la fenêtre de la chambre douze s'ouvrait sur le passé de Linton Hill. Il s'agissait d'un phénomène difficile à admettre, pourtant les indices qui s'accumulaient confirmaient son hypothèse.

Le matin, en se rendant au petit-déjeuner dans l'escalier principal du manoir, elle s'était arrêtée plus longuement devant un des portraits. Alfred y paraissait légèrement plus âgé que lorsqu'elle l'avait aperçu, fringant sur sa monture, mais ce qui l'avait effrayée plus que tout, c'était la petite plaque vissée sur le cadre du tableau où elle avait pu lire : « Alfred Linton, 1921-1999 ».

Elle y vit la confirmation de ce qu'elle avait imaginé. C'était hallucinant, fou, fantastique, délirant et mille autres qualificatifs tous plus effrayants les uns que les autres. Mais tous également fascinants. Et puis c'était la seule explication qui permettait de justifier que, en 2015, les volets étaient condamnés, alors qu'ils restaient ouverts dans le passé.

Cela expliquait aussi que, par la fenêtre, Charlotte puisse apercevoir des personnes qui n'existaient pas ou plus de nos jours, et elle comprenait mieux l'état de son recueil de poésies qui, en tombant, avait fait un voyage de plusieurs décennies dans le passé avant de retrouver les rayons de la bibliothèque.

Cependant, si cette hypothèse s'avérait juste, elle posait d'autres questions : sur quelle année précise la fenêtre s'ouvrait-elle ? Si Alfred avait vingt ans, ce devait être aux alentours de 1941… Mme Bell était-elle au courant de son existence, de son pouvoir ? Si Catherine avait franchi la fenêtre, restait-elle prisonnière du passé ? Et pourquoi ? Se pouvait-il qu'elle existât de nos jours sous l'aspect d'une très vieille femme ? Pour l'instant, ces questions et mille autres qui lui venaient en tête demeuraient sans réponse.

À la fin du cours, elle attendit que ses camarades aient quitté la salle pour s'approcher du professeur d'histoire.

– Un souci, Charlotte ? lui demanda M. Branwell avec son sourire à la fois charmant et ironique.

– Je crois que vous vous êtes intéressé à l'histoire d'Angrisey.

– En amateur, oui. Pourquoi ?

– J'ai appris qu'un village occupait la partie sud de l'île autrefois.

– En effet, confirma-t-il. Il existe bien des ruines, au sud. Je m'y suis rendu il y a quelques mois. Des murs émergent encore de la végétation. On devine le tracé des rues… Les intempéries et les caprices de la mer l'ont petit à petit effacé de la mémoire de l'île.

– Et sait-on pour quelle raison ce village a été abandonné ?

– Une catastrophe naturelle l'a détruit en grande partie, il y a une cinquantaine d'années. Mais il y a peu de documents à ce sujet. Il faudrait faire des recherches dans les archives de la presse régionale, *Ouest-France*, *La Manche Libre*… En fait, l'île se trouvant hors des eaux territoriales françaises et anglaises, elle a toujours joui d'un régime administratif un peu particulier. Donc, difficile de dénicher des archives…

Charlotte acquiesça en silence.

– Cela t'intéresserait d'étudier l'histoire d'Angrisey ?

– Je… je ne sais pas.

Une entrevue

Jeudi 15 octobre 2015

Charlotte attrapa ses livres et son classeur et se hâta vers la salle de technologie pour le cours suivant. Les autres élèves avaient déjà gagné leur place mais, tandis qu'elle s'apprêtait à pénétrer dans la salle, une voix l'appela. Une voix métallique.

– Mademoiselle Rivière, s'il vous plaît !

Derrière elle, raide, les mains serrées sur sa poitrine comme à son habitude, Mme Bell affichait son éternel sourire sans joie.

– J'ai une ou deux questions à vous poser, lâcha-t-elle.

Pour Charlotte, cet ordre résonnait déjà comme une sentence.

– Oui madame ?

– Venez dans mon bureau, nous serons plus au calme pour parler.

Elles étaient assises de part et d'autre de l'austère bureau encombré d'une simple feuille et d'un stylo. La proviseure fixait Charlotte en silence et la lycéenne ne parvenait pas à savoir si elle cherchait ses mots ou s'il s'agissait d'une stratégie pour la mettre mal à l'aise. Mme Bell se résolut enfin à prendre la parole.

– Vous savez comme moi l'importance qu'il y a, pour le bon fonctionnement d'un établissement comme le nôtre, à respecter son règlement ?

Elle marqua une pause mais la question n'attendait pas vraiment de réponse. Elle poursuivit.

– J'ai constaté que la chambre douze avait été récemment rouverte, or j'avais exigé qu'elle demeure condamnée pour des raisons de sécurité. En tant que voisine immédiate de cette chambre, sans doute avez-vous remarqué quelque chose. J'attends que vous me disiez ce que vous savez.

Charlotte resta sans voix. Mme Bell avait-elle eu vent de ses explorations ? Attendait-elle qu'elle se dénonce ? Elle n'avait pourtant pas parlé d'incursion dans la chambre mais uniquement de son ouverture, or Charlotte ignorait qui avait ouvert la pièce.

– Eh bien ? la relança la proviseure. Je vous écoute.

– Je... j'ai constaté que la porte de la chambre douze était entrebâillée, hier, mais je n'en sais pas plus.

– Oui ?

La proviseure griffonna une note sur sa feuille.

– C'est tout.

– Vous n'avez rien entendu de suspect depuis votre chambre ?

– Non madame.

– Rien appris non plus chez vos camarades ?

– Rien à ce sujet, non.

– Hum. Je ne tolérerai pas que l'on brave mes interdits. Je compte donc sur vous pour me rapporter ce que vous pourriez surprendre. Sommes-nous d'accord ?

Charlotte laissa passer un infime silence pour marquer sa réprobation avant de murmurer :

– Oui madame.

– Bien. Je vous remercie. Allez rejoindre votre cours.

Alors que la lycéenne posait sa main sur la poignée de la porte, la proviseure répéta en articulant chacun des mots :

– Je compte sur vous, n'est-ce pas ?

Sous surveillance

Jeudi 15 octobre 2015

L'entrevue avec la proviseure avait troublé Charlotte. Mme Bell la prenait-elle pour une délatrice ? La manipulait-elle pour l'isoler de ses camarades ou la soupçonnait-elle ? Et de quoi ? D'avoir pénétré dans la chambre interdite ? Cet interrogatoire était-il une menace voilée ? En dépit de sa curiosité, elle devait redoubler de prudence. La proviseure était à l'affût.

Restait son recueil de poésies. Charlotte avait été vraiment stupide de le laisser dans les rayonnages à la merci de n'importe qui. Il lui fallait le récupérer au plus vite et le cacher.

Après le déjeuner, Mme Garreau l'accueillit avec un large sourire, heureuse de voir qu'une nouvelle lectrice se fidélisait.

Charlotte fit mine de s'intéresser aux ouvrages mis en évidence, en feuilleta deux puis alla nonchalamment vers les documentaires, mais, sur l'étagère où elle l'avait caché, son recueil avait disparu. Elle se dirigea aussitôt vers les livres de poésie où il aurait dû légitimement prendre place, elle ne le trouva pas davantage.

– Il vous arrive de jeter des livres trop anciens ? demanda-t-elle à la documentaliste.

– Bien sûr. Un centre de documentation est un lieu vivant, qui évolue, mais… En fait, il y a longtemps que je n'ai pas fait de « désherbage ». Il faudrait que je m'y attelle. Pourquoi ? Tu cherches un livre en particulier ?

– Non, je… je demandais ça comme ça.

Elle coupa court à la conversation en empruntant un roman dystopique, premier tome d'une trilogie alléchante, et repartit en cours. Quelqu'un avait récupéré son livre et détenait désormais la preuve de son incursion dans la pièce interdite.

Gondal

Jeudi 15 octobre 2015

La journée de cours s'achevait par deux heures de maths mais, alors que les lycéennes se rendaient dans la salle de classe, elles apprirent que leur professeur était absent et qu'en conséquence elles avaient quartier libre jusqu'à l'étude du soir. Charlotte laissa la classe s'éparpiller avec des cris de joie.

Dans un premier temps, elle ne sut comment employer ces deux heures de liberté. Mieux valait, pour l'instant, éviter les incursions dans la chambre douze. Elle pensa à Gondal. Depuis qu'elle en entendait parler, elle brûlait de visiter ce village en ruine. Peut-être recelait-il une information, un indice sur la disparition de Catherine ?

S'y rendre était interdit mais, profitant de sa solitude, Charlotte s'éloigna discrètement du lycée et s'aventura dans la lande en piquant droit vers le sud. Elle emprunta un sentier qui contournait les reliefs les plus accentués, sinuant entre les massifs de genêts et de fougères sauvages. Un vent d'ouest frisottait l'herbe drue.

Tout en marchant, elle emplissait ses poumons de cet air marin et prenait la mesure de l'île et de sa beauté farouche. Il lui fallut moins d'une demi-heure avant d'apercevoir, au loin, les pignons esseulés et les murs blanchis par les pluies et lorsque enfin elle atteignit Gondal, elle se sentit l'âme d'une exploratrice découvrant pour la première fois un site oublié des hommes.

Aucune des maisons encore debout n'avait conservé sa charpente mais certaines dressaient vaillamment leurs quatre murs, résistant aux affronts que leur infligeaient les intempéries. D'autres n'existaient plus que par une cheminée ouverte aux vents, la trace d'un seuil ou la solidité d'un linteau de granit. Si l'église avait perdu son clocher, sa silhouette continuait à dominer le village.

Charlotte s'avança timidement entre ces fantômes de pierre. Des gens avaient vécu ici, ils s'y étaient aimés, avaient célébré des fêtes, partagé des récoltes et vendu le produit de la pêche. On y était né, on y avait grandi, travaillé. On y était mort. Et de tout cela, il ne restait plus que ces murs pour évoquer une histoire désormais oubliée.

La jeune fille pénétra dans le cimetière qui entourait l'église. La plupart des croix de pierre gisaient, brisées, au pied des sépultures où les intempéries avaient effacé les noms les plus anciens. Le granit qui devait conserver la mémoire des hommes ne résistait pas longtemps face aux outrages du temps.

Elle passa la main sur les reliefs aplanis des lettres gravées, des dates rongées par le sel et la mousse de ces tombes que l'on ne visitait plus. Elle parvenait parfois à déchiffrer un nom, Charles Wilson, Marie Tailleur, et même un Georges Linton, dont elle avait aperçu le portrait au manoir. Elle trouva étrange qu'il ait été enterré là et non aux côtés de la lignée des Linton, dans la petite chapelle attenante au domaine.

Elle se tourna vers la mer où l'on devinait la trace d'un ancien port, puis elle ressortit de l'enclos et circula au hasard entre les maisons muettes. Il lui semblait être la reine d'un univers mystérieux dont elle était la seule à connaître l'existence.

Avant de repartir, elle passa devant une maison plus grande que les autres, l'école peut-être, ou la mairie. Sur le montant de la porte un graffiti avait défié les ans. C'était le dessin malhabile d'un enfant qui représentait deux personnages-fil de fer entourés d'un cœur inachevé. Peut-être était-ce la trace d'une histoire d'amour qui avait marqué ces lieux.

Elle en suivit le tracé d'un doigt amusé avant de reprendre le chemin du retour. Rien ne lui permettait de dire que Catherine s'était rendue dans ces ruines, pourtant elle se jura que dès qu'elle en aurait la possibilité, elle reviendrait ici.

Pour rêver en solitaire.

La clef

Jeudi 15 octobre 2015

Le soir, à l'heure de l'étude, Charlotte trouva dans son casier une brochure aux couleurs fanées. Un petit mot en dépassait : « *Pour commencer ton exploration de l'histoire d'Angrisey. À me rendre dans le même état…* » C'était signé : « *P. Branwell* ».

Elle glissa le document dans sa pile de cahiers et de livres et, après avoir rendu visite à Émilie, elle s'isola dans sa chambre pour terminer un devoir de maths. Mais les chiffres et les formules restaient pour elle des équations à mille inconnues. Sans relâche, son esprit repartait vers le mystère de la disparition de son livre. Elle attrapa alors la brochure et la feuilleta machinalement.

Il s'agissait davantage d'une plaquette touristique que d'une histoire documentée de l'île. Elle datait du début des années soixante-dix. On avait envisagé à l'époque de transformer Linton Hill en hôtel de luxe.

Charlotte reconnut dans les photos en noir et blanc les bâtiments à peine différents de ce qu'ils étaient actuellement, le petit port par lequel elle était arrivée et les ruines de Gondal. Pour l'essentiel, la plaquette s'attardait sur les plages et la lande, insistant sur le calme et la sauvage beauté de la nature qui offrait au touriste l'occasion de magnifiques promenades.

Le texte lui apprit que, au cours de sa longue histoire, l'île avait été successivement anglaise, puis française, un temps indépendante à l'époque agitée de la Révolution, avant de redevenir française sous Napoléon.

Gondal avait été habité jusqu'à ce que, à la fin des années soixante, un raz-de-marée dû à la rupture d'une digue noie le village, provoquant d'énormes dégâts et de nombreux morts, au point que les rares survivants avaient abandonné tout espoir d'y rebâtir une nouvelle vie. Un cliché montrait Gondal quelques jours après le cataclysme. L'eau envahissait encore les rues basses du village dans un décor de désolation. La légende précisait : « *Le village après le raz-de-marée du 22 mars 1968 (archives* Ouest-France). » Plus loin, une photo couleur du lycée rassurait toutefois les éventuels visiteurs : « *Seul le magnifique domaine de Linton Hill est resté, montant la garde face à la mer.* »

– Alors ? Alfred ? Sympa ?

Élisabeth se tenait sur le seuil de la chambre, appuyée contre le chambranle, bras croisés.

– Tu devrais aller voir... répondit Charlotte sans se détourner de son cahier.

– Et toi tu devrais me remercier.

– Ah ? Pourquoi ?

– Si tu as pu pénétrer dans la chambre douze, c'est grâce à moi.

– Je serais toi, je ne m'en vanterais pas. Maintenant elle est fermée. Et madame Bell la surveille.

– Ce n'est pas un problème. Le Dindon ne peut pas être partout à la fois, et puis... j'ai la solution.

Elle venait de sortir de sa poche une clef qui oscillait entre son pouce et son index.

– Ça ne m'intéresse pas, mentit Charlotte. Vas-y, toi.

– Moi, je ne vois rien, lâcha Élisabeth.

Dans sa voix, il y avait de la hargne et surtout de l'amertume. Elle laissa passer quelques secondes avant d'ajouter :

– Je… je voudrais savoir…

Charlotte se tourna vers elle. Élisabeth avait dû être le témoin fasciné du début de cette aventure sans en connaître l'aboutissement. Et maintenant, elle se retrouvait seule. Elle posa délicatement la clef sur le bureau.

– Cadeau, dit-elle.

– Que veux-tu que j'en fasse ?

Élisabeth choisit de ne pas répondre directement :

– Il est super ton recueil de poésies… Un peu abîmé par le temps, l'humidité, dommage.

– C'est toi qui l'as récupéré !

– Tout juste, soigneusement caché au CDI. Mais rassure-toi, on parvient très bien à lire ton nom sur la page de garde.

– C'est une menace ? Du chantage ? murmura Charlotte d'une voix blanche.

– Non. Je voulais juste que tu saches que je l'ai mis à l'abri des regards inquisiteurs.

Élisabeth fit demi-tour mais, avant de sortir de la chambre, elle désigna la clef et lâcha encore une fois :

– Tu me raconteras, n'est-ce pas ?

À son tour, Charlotte regarda la clef. Désormais, elle n'avait plus à hésiter.

Avec un peu de courage et beaucoup de folie, elle pouvait s'aventurer de l'autre côté de la fenêtre, descendre le long de la corde et récupérer le recueil là où elle l'avait laissé tomber. Dans le passé. Regrimper en deux minutes les quelques mètres de corde ne l'effrayait pas : elle s'était toujours plutôt bien débrouillée en gym. C'était risqué. Mais avec un peu de chance…

Retrouvailles

Jeudi 15 octobre 2015

Aux aguets, Charlotte tira la porte de la chambre douze derrière elle et donna deux tours de clef avant de reprendre sa respiration. Personne ne l'avait vue se glisser dans la pièce interdite, pas même Élisabeth, et elle disposait d'une bonne heure avant de se présenter au dîner. Largement suffisant.

La terrasse gravillonnée devant Linton Hill était par bonheur déserte. Elle s'assura que la corde était toujours en place et, en se penchant, elle aperçut son livre gisant au milieu des iris. Bien sûr, il n'avait pas encore été usé par les années.

Malgré elle, un sourire ébahi s'épanouit sur son visage : elle avait désormais la confirmation fabuleuse que là, appuyée à la fenêtre, elle contemplait le passé. Mais très vite, elle se ressaisit. Une minute pour descendre, deux pour remonter, bientôt la preuve serait entre ses mains et Élisabeth n'aurait plus aucun moyen de pression sur elle puisque le livre ne pourrait pas être ramassé dans le passé et donc se retrouver vieilli dans la bibliothèque du CDI en 2015. Enfin, si ses hypothèses étaient justes.

Charlotte enjamba l'appui de la fenêtre, et, à la force des bras, descendit lentement le long de la corde, de l'autre côté du temps.

– Bel exercice de gymnastique, fit une voix qu'elle commençait à connaître.

Elle se laissa tomber en évitant les fleurs.

– *J'ai longtemps habité sous de vastes portiques*
Que les soleils marins teignaient de mille feux,
Et que leurs grands piliers, droits et majestueux,
Rendaient pareils, le soir, aux grottes basaltiques[1].
Très joli…

Alfred se tenait juste derrière elle. Il portait cette fois-ci une veste de tweed et un léger foulard. Charlotte ne fréquentait pas l'aristocratie

1. Charles Baudelaire, *La vie antérieure*, dans *Les Fleurs du Mal.*

anglaise mais elle savait qu'en 2015 on ne s'habillait plus de façon si caricaturale. Il avait récupéré son livre et le feuilletait négligemment.

– C'est à vous, sans doute ?

– O... oui. Je l'ai laissé tomber.

– Je vous le rendrai après notre promenade.

– Notre promenade ?

Le jeune homme se retourna et, à l'angle du bâtiment, Charlotte vit s'avancer le palefrenier tenant deux chevaux par la bride.

– Vous savez monter ? s'enquit Alfred.

– Oui, je... mais non. Je n'ai pas le temps de...

– Écoutez, je n'avais pas prévu de me rendre au village aujourd'hui, mais puisque vous êtes là... Vous pourriez me rendre un grand service.

En prononçant ces mots, Alfred avait changé d'expression. Le jeune aristocrate badin venait de laisser la place à un personnage inquiet qui intrigua Charlotte.

– Je ne vois pas en quoi je peux vous être utile... commença-t-elle. Je...

– J'aimerais vous présenter à une amie qui demeure à Gondal, l'interrompit-il. Une jeune femme aussi mystérieuse que vous... Si elle vous voit... je... peut-être acceptera-t-elle de me parler ?

L'estomac de Charlotte se noua. Elle avait la certitude qu'Alfred évoquait Catherine. Sa proposition de le suivre était peut-être l'occasion tant attendue de retrouver son amie disparue depuis un an. Peu lui importait le risque qu'elle prenait à prolonger son voyage dans le passé, elle ne pouvait laisser passer une telle opportunité.

– Très bien, lâcha-t-elle. Une demi-heure, pas plus.

Elle se mit en selle avec souplesse, ajusta ses rênes et avança sur la terrasse gravillonnée.

Ils longèrent la façade de Linton Hill pour emprunter un chemin de terre qui les rapprochait du bois Noir et, une centaine de mètres plus loin, ils bifurquèrent, tournant le dos aux arbres roux. Alors ils s'avancèrent dans la lande.

C'était un autre chemin que celui qu'elle avait emprunté quelques heures auparavant. Sous le pas des chevaux, l'herbe sauvage mêlée à la bruyère et aux fougères déployait une palette de couleurs sombres, vert, mauve, noir, ponctuée parfois du gris de la pierre.

Alfred ne parlait pas. Au fur et à mesure qu'ils progressaient, il affichait un visage de plus en plus austère. Il semblait perdu dans ses pensées au point que Charlotte se demanda pour quelle raison il lui avait proposé de l'accompagner.

Ils contournèrent une butte où la roche affleurait puis grimpèrent un raidillon au sommet duquel trônait un arbre mort. Là, ils marquèrent une halte. Charlotte leva les yeux. Devant elle les reliefs ondulaient en vagues successives, descendant doucement vers la mer avant de disparaître vers la pointe sud noyée dans la brume. Un vent marin s'éleva de l'est, couchant les herbes hautes avant de s'envoler en bourrasques soudaines. Au passage, il déposa une fine couche de sel sur les lèvres des cavaliers.

– N'est-ce pas un des plus beaux spectacles que l'on puisse contempler ? murmura le jeune homme d'une voix désespérée.

– Qui est cette amie à laquelle vous voulez me présenter ? demanda Charlotte.

– Une personne qui m'est chère…

Sa voix parut tout à coup étrange, presque amère, alors que son regard partait se perdre bien au-delà de l'horizon.

– Elle me fait oublier les périls qui enflamment le monde, ajouta-t-il.

– De quoi s'agit-il ?

Il parut surpris.

– Vivriez-vous dans un tel cocon que vous n'avez pas entendu parler de la guerre ? Ignorez-vous qu'en s'alliant avec l'Italie et le Japon, l'Allemagne a porté le conflit sur l'ensemble de la planète ?

Cette réponse confirmait ce que Charlotte avait déduit des dates fixées sous le portrait d'Alfred. En franchissant la fenêtre de la chambre douze, elle venait de faire un saut d'environ soixante-dix ans en arrière !

– Où étiez-vous au cours de ces derniers mois ? insista-t-il. Oubliée au fond d'une campagne déserte ? Enfermée dans un couvent ? Ou belle au bois dormant dans un manoir inaccessible ?

– Je… Quelque chose de ce genre, répondit-elle, mystérieuse.

Alfred perçut aussitôt la gêne que sa question avait installée entre eux.

– Je ne voulais pas être indiscret…

Elle jugea plus prudent de ne rien répondre et tourna son visage vers les embruns. Les yeux fermés, elle aspira à pleines gorgées.

– Quel jour sommes-nous exactement ? l'interrogea-t-elle.

– Aujourd'hui ? Jeudi, voyons.

La réponse, pour ce qu'elle avait d'évident, la déstabilisa. Bien sûr, pour elle aussi on était un jeudi. Le jeudi 15 octobre. Mais… comment demander des précisions sans paraître idiote ?

– Je veux dire… la date ? insista-t-elle.

– Le 15 octobre, répondit Alfred.

Devinant le trouble de sa compagne, il précisa d'une voix neutre :

– 1942.

Il n'ajouta pas le moindre commentaire. Sans doute la prenait-il pour une amnésique. Ou une convalescente. Ou encore une fille évadée d'un asile, peut-être même d'une prison. Peu importait. Elle venait d'avoir la confirmation que la fenêtre de la chambre douze donnait exactement soixante-treize ans en arrière, jour pour jour.

Brusquement, Alfred tourna la tête vers le sud. Au loin, une cloche marquait les heures et il réagit comme s'il s'agissait pour lui d'un rappel à l'ordre. D'une légère contraction des mollets il remit son cheval en avant et s'enferma à nouveau dans un silence morose. Sur leur gauche, l'ombre des chevaux s'allongeait.

Ils descendirent dans le creux d'un vallon où serpentait un ruisseau.

« Soixante-treize ans », se répétait Charlotte. Elle en conclut que Catherine était arrivée en 1941, que c'était déjà la guerre et qu'elle vivait à cette époque depuis… un an. Si elle était toujours là, comment s'était-elle habituée à une vie privée du confort du XXIe siècle ? Et surtout, qu'avait-elle fait pendant tout ce temps ?

L'un derrière l'autre, ils gravirent une butte et, soudain, Charlotte redécouvrit Gondal. Essaimé autour d'une solide chapelle et de la mairie-école, le village se développait le long d'une avancée de la mer faisant office de port naturel. Quelques jardins s'étageaient sur les versants de la vallée avant que la lande reprenne ses droits. Au large, on apercevait la digue qui, tout en protégeant le village des furies de la mer, créait un second port pour les navires d'un plus fort tonnage.

Mais, surtout, les maisons étaient pourvues de leurs toits, de la totalité de leurs murs. Les jardins entretenus résistaient à l'impétuosité des vents marins qui faisaient claquer le linge mis à sécher. Gondal vivait.

Charlotte fut impressionnée de découvrir ce lieu qui serait en ruine dans quelques dizaines d'années. Au pas serein de leurs chevaux, ils entamèrent leur descente entre les maisons.

En cette fin de journée, peu de personnes profitaient de la douceur de l'automne. Des enfants jouant devant la chapelle, une femme chargée d'une panière et deux vieux assis sur un banc discutaient. Ils portaient des vêtements de travail, cabans et vareuses.

Tandis qu'ils s'avançaient entre les maisons, la jeune fille ressentit comme un malaise. Il lui sembla qu'à leur approche, les conversations s'éteignaient et qu'une hostilité sourde leur était opposée. N'aimait-on pas les visiteurs à Gondal ? En cette période de guerre, les prenait-on pour des espions ?

Brusquement, les villageois qu'elle avait aperçus s'éparpillèrent, chacun regagnant sa demeure. À leur passage on ferma ostensiblement les volets après leur avoir jeté un regard méprisant. Il lui sembla même qu'une femme cracha derrière eux.

– Charmant accueil, lâcha-t-elle, mêlant l'ironie au compliment.

Alfred se taisait. Charlotte remarqua que son visage s'était soudainement creusé et que sa peau s'était ternie.

– Attendez-moi ici, lâcha-t-il enfin d'une voix blanche. Je… C'est peut-être mieux.

Il l'abandonna devant la minuscule mairie-école, poursuivant sa descente à pas mesurés. Charlotte reconnut le graffiti qu'elle avait aperçu lors de sa première visite.

À l'étage, une jeune femme s'était accoudée à la fenêtre, au-dessus de ce qui devait être l'unique classe de Gondal. Un visage doux, intelligent, les cheveux d'un blond roux retenus en queue de cheval. Elle échangea un regard rapide et méfiant avec la cavalière puis porta son attention vers Alfred. Il s'était arrêté plus bas, devant une maison couverte d'ardoises, et resta un instant immobile. Il finit par mettre pied à terre et osa s'avancer pour frapper.

Avant qu'il en ait touché le bois, la porte s'ouvrit sur une jeune femme qui portait un bébé dans les bras. Instinctivement, Alfred recula d'un pas, laissant échapper le recueil de poésies qui tomba à ses pieds. Au loin, Charlotte sentit son estomac se nouer. Elle reconnaissait ce visage rond cerné d'une chevelure auburn et dans lequel, en dépit de la distance, on percevait le regard d'un bleu si lumineux.

– Catherine ! cria-t-elle malgré elle.

Elle sauta à terre et s'élança.

– Charlotte ?

Alfred eut l'air de se rappeler la jeune fille.

– Oui, tenta-t-il, j'ai emmené cette personne. Je… J'ai pensé que vous seriez heureuse de…

La jeune femme ne l'écoutait pas.

– Charlotte ? répéta-t-elle. C'est bien toi ?

Ce n'était déjà plus une question. Il y avait de la joie dans sa voix, ainsi que de la surprise et de l'inquiétude. Charlotte y perçut même un soupçon de reproche.

Elles se retrouvèrent face à face, se dévisageant, aussi heureuses qu'étonnées de se retrouver ensemble dans ce village, à cette époque. Charlotte aurait voulu embrasser son amie, mais la présence du bébé la retint.

– Tu… Comment es-tu arrivée ici ? demanda Catherine.

– Je t'ai cherchée.

– Tu es venue à Linton Hill pour… moi ?

– Oui. Tu ne m'écrivais plus. Je voulais savoir ce qui t'était arrivé. J'ai appris ta disparition et puis j'ai découvert la chambre douze.

– Le passage... Toi aussi, tu as vu. Le passé...

– Oui.

De sa main libre, Catherine caressa doucement l'épaule de Charlotte avant de baisser les yeux vers le bébé et de lui effleurer la joue d'un doigt délicat.

– Il est à toi ? demanda Charlotte.

– Elle, corrigea Catherine. C'est une fille. Anne, ma fille, oui.

Ébahie, Charlotte hocha lentement la tête avant de reprendre :

– Et depuis quand ? Je veux dire qui est le... ?

Catherine la regarda droit dans les yeux, esquissant un sourire triste qui impressionna Charlotte. Elle comprit brusquement que son amie était passée de l'autre côté de la vie, pas seulement parce qu'elle se trouvait dans un autre temps, mais surtout parce qu'elle avait eu un enfant.

Catherine poussa un soupir :

– Je suis touchée que tu sois venue jusqu'à moi. Mais tu ne peux rester ici. Tu dois repartir.

– Et toi ?

Charlotte avait posé sa question d'un ton incrédule. Comment une fille qui avait grandi, comme elle, au XXIe siècle pouvait-elle accepter de demeurer dans un lieu si isolé et qu'elle pressentait si âpre ?

– Pour moi, ce n'est pas le moment, reprit Catherine. Je ne suis pas prête à revenir à Linton Hill avec Anne.

– C'est son père qui te retient ? Il est du village ?

Instinctivement, Charlotte avait balayé des yeux les ruelles environnantes comme si elle allait y trouver la réponse à sa question. Elle enchaîna avec fougue :

– Il te séquestre ? Si c'est ça, je peux…

Catherine hocha la tête en s'écartant imperceptiblement de son amie.

– Non, dit-elle. Georges ne me retient pas, enfin pas de la façon dont tu le penses.

– Georges, répéta Charlotte à mi-voix.

Elle était troublée qu'une fille de son âge puisse sortir avec un garçon portant un prénom si daté. Elle se souvint de ce qu'elle avait lu sur une vieille tombe, lors de sa première visite dans les ruines de Gondal.

– Mais qu'est-ce qui s'est passé ? Je veux dire, avant la naissance de ton bébé.

– Oh ! Ce serait trop long à te raconter, répondit Catherine.

Elle avait prononcé ces mots comme le ferait une adulte expliquant les choses à une enfant et, pour Charlotte, son ton marquait plus que tout la distance qui s'était établie entre elles deux. Mais elle refusait de croire que leur amitié n'était plus qu'un souvenir.

– Tu vas revenir, dit-elle, mi-question, mi-affirmation.

– Peut-être, un jour…

– Quand ? insista Charlotte.

– Plus tard. Dans un mois, dans un an. Je l'ignore.

Charlotte ne savait plus qu'ajouter. Sa joie d'avoir retrouvé Catherine était ternie par le refus de celle-ci de lui confier son histoire.

– Gondal, dit-elle soudain. Il va disparaître. Tu le sais ? En 2015, ces maisons ne sont plus que des ruines.

– Oui. Le raz-de-marée du 22 mars 1968, je sais.

– Tu as lu la plaquette toi aussi ?

– Oui.

– Et…

Charlotte hésita avant de poursuivre. Elle se doutait que sa question était grave sans en mesurer les retombées.

– Et tu vas prévenir les villageois du danger ?

– Je ne sais pas. Cela modifierait l'Histoire. C'est dans vingt-huit ans, on a le temps. Et puis, si je reviens au XXIe siècle, ce ne sera plus mon histoire. Mais je sais qu'il me sera difficile de rester là sans rien dire et de condamner ceux qui pourraient être sauvés…

Un vent froid venu de la mer s'enroula soudain autour des deux amies et Charlotte réprima un frisson sans savoir s'il était dû aux embruns ou à l'émotion.

– Tu vas rentrer maintenant, reprit Catherine. Voyager dans le temps n'empêche pas les heures de tourner…

Puis elle ajouta avec un petit rire complice :

– Sinon le Dindon va te sonner les cloches !

Charlotte hocha la tête. Avec un clin d'œil elle désigna le sweat-shirt de son amie.

– Tu ne t'es pas totalement fondue dans le paysage. Les vêtements de ce genre, ici, ça doit surprendre un peu, non ?

– Celui-là, je n'arrive pas à m'en séparer. D'ailleurs, mes vêtements, ce n'est pas l'essentiel de leurs préoccupations. Et puis…

Elle baissa la tête avant d'ajouter :

– C'est celui que je portais lorsque j'ai rencontré Georges, la première fois.

Charlotte n'osa pas demander de précision sur cette confidence qu'elle pressentait douloureuse. Elle s'avança de trois pas pour récupérer le recueil de poésies.

Alfred était resté immobile. Il n'avait plus rien du jeune homme brillant qui l'avait invitée pour une promenade. Ses traits étaient ceux d'un garçon perdu, le regard vide, tétanisé par le mépris dans lequel Catherine le tenait.

– Catherine, je… je suis désolé de ce qui est arrivé… balbutia-t-il. Les Fraisse…

Mais la jeune mère continuait à l'ignorer. Il poursuivit :

– Je ne voulais pas… Personne ne voulait…

Catherine attrapa Charlotte par le coude et l'entraîna à l'écart. Elle l'embrassa en lui glissant à l'oreille :

– Rentre. Et il vaut mieux ne plus revenir.

Comme Charlotte ne répondait pas, elle insista :

– D'accord ?

La jeune cavalière finit par acquiescer. Elles s'embrassèrent une nouvelle fois, conscientes l'une comme l'autre qu'elles ignoraient si elles se reverraient un jour, puis Charlotte se remit en selle. Avant de s'éloigner, elle demanda encore :

– Je dois dire quelque chose à Élisabeth ?

– Oui… Non… Je ne sais pas. À toi de voir, mais je pense que… non. Elle est comme les autres : par la fenêtre, elle ne voit que l'époque où elle vit.

– Et pourquoi pas nous ?

– Je l'ignore.

Charlotte s'éloigna au pas, comme à regret. Elle repassa devant l'école puis, atteignant l'orée du village, elle se retourna une dernière fois. En contrebas, Alfred se rapprochait de la jeune mère.

– Catherine, je… commença-t-il.

Il fut interrompu par une voix derrière eux.

– J'ai reçu ce papier !

Un homme brandissait une lettre ornée de tampons officiels. Était-ce l'âge ? La colère ? Il parlait avec le souffle court.

– Comme les Fraisse. J'ai dix jours pour quitter ma maison. Celle que mon père a toujours habitée et où il est mort. Comme son propre père, et tant d'autres avant eux…

– Moi aussi, dit un autre, tenant le même courrier à la main. La maison où votre grand-père Linton aimait venir partager un verre de cidre avec mon père, je dois la quitter, sur votre injonction.

D'autres villageois s'avançaient, mus par la colère.

– Je t'ai connu gamin, commença une des femmes, et…

Mais elle n'eut pas la force d'achever sa phrase. Ils étaient une bonne vingtaine maintenant, prenant à partie ce garçon qui leur voulait tant de mal pour, disaient-ils, contraindre Catherine à l'aimer.

– C'est un malentendu, bafouilla Alfred. Une erreur. Je n'aurais pas dû… Je…

Les yeux autour de lui brillaient de haine et de mépris.

– Je ne voulais pas… osa-t-il encore. J'étais en colère…

Catherine se tourna brusquement vers lui.

– En colère ? C'est comme ça que tu te justifies ? Les Fraisse ne t'ont pas suffi ? Il faut cesser de venir ici, monsieur Linton. Vous n'y êtes pas chez vous, malgré ce que vous croyez, malgré les notaires et les gendarmes que vous mobilisez et en dépit de tous les papiers que vous pourrez produire.

– Je ne voulais pas, répéta-t-il. Catherine… C'était pour toi…

– Assume ce que tu as fait ! lui répondit-elle.

C'est alors qu'un des pêcheurs aux mains rongées de sel s'avança vers Alfred. Du courrier qu'il brandissait, il fit une boule de papier grossière qu'il jeta à ses pieds et cracha dessus en lâchant :

– De la part des Fraisse.

Puis un deuxième fit de même, puis deux femmes, en silence, ainsi qu'une troisième et d'autres encore. Catherine, elle, ne bougeait pas. Elle fixait Alfred en silence, comme à la fin d'un procès où la sentence vient de tomber. On rejetait un garçon de la communauté des hommes. Un à un, les villageois chiffonnèrent leurs lettres et les piétinèrent dans la boue née de leurs crachats.

Devant ce spectacle, Charlotte était tétanisée. Elle ne pouvait prendre parti et refusait d'assister plus longtemps à l'humiliation d'Alfred. Comme le lui avait laissé entendre Catherine, elle n'avait rien à faire dans cette époque. Ce qu'elle avait espéré être des retrouvailles émues avec Catherine se transformait en un cauchemar poisseux.

Après un dernier regard vers son amie, elle fit demi-tour et poussa son cheval au galop dans la lande.

Elle atteignit Linton Hill alors que le soir tombait. Elle abandonna sa monture devant les écuries et se faufila jusqu'à la façade où elle retrouva la corde cachée dans le lierre. Cinq minutes plus tard, en 2015, changée, recoiffée, elle se présentait pour le dîner mais il lui était difficile de se replonger dans la réalité tranquille de son XXIe siècle.

Dès qu'elle le put, prétextant un mal de tête, elle quitta la table et s'isola dans sa chambre. Elle enfila son pyjama et chercha le sommeil mais ses pensées s'étaient arrêtées aux événements dont elle venait d'être témoin. Des événements qui s'étaient déroulés plusieurs décennies auparavant, dont elle se demandait quelle serait l'issue.

Le recueil de poésies

Samedi 17 octobre 2015

Le samedi matin, Charlotte eut du mal à se concentrer sur ses cours qui lui semblaient bien fades à côté de ce qu'elle venait de vivre. Elle avait retrouvé Catherine et, dans le même temps, elle avait eu la sensation de la perdre irrémédiablement. Certes, elle avait réussi à mettre ses pas dans les siens plus vite qu'elle ne s'y attendait.

Catherine était vivante et, d'une certaine façon, toujours présente sur l'île, mais si lointaine. Plus que les soixante-treize ans qui les séparaient, le fait que, désormais, son amie soit une mère la troublait et elle devinait que ce qu'elle avait vécu au cours des derniers mois avait contribué à la changer définitivement.

Que s'était-il passé exactement ? Qui était ce Georges qu'elle aimait ? Pourquoi Alfred était-il en butte à la haine des habitants ? Catherine avait voulu garder le secret sur sa vie à Gondal et Charlotte avait été blessée d'être ainsi tenue à distance.

C'est en se rendant au CDI qu'elle croisa Élisabeth. Ostensiblement, Charlotte rendit le recueil de poésies en fixant l'élève de terminale droit dans les yeux. Elles se rejoignirent dans le couloir. Élisabeth marchait à ses côtés, une moue ironique tordait ses lèvres.

– Bien joué, concéda-t-elle.

Charlotte ne répondit pas. Elle avait réussi à déjouer son chantage, elle n'avait plus rien à prouver.

– Bravo ! reprit Élisabeth. Et… c'est même plus fabuleux que tu ne peux l'imaginer…

Comme Charlotte ne répondait pas, elle enchaîna :

– Je feuilletais ton livre lorsqu'il a brusquement disparu de mes mains. À dix-neuf heures sept très exactement. J'ai d'abord cru à un rêve.

Et puis… je crois avoir compris… C'est l'heure à laquelle tu es rentrée avec le livre, non ? Lorsque tu l'as rapporté en 2015.

Charlotte ne répondant toujours pas, Élisabeth s'arrêta et la retint par le bras. Son visage s'était soudain fait grave.

– Catherine, demanda-t-elle, tu l'as… vue ?

– Je n'ai rien à dire.

– Alors tu l'as vue. Elle va bien ?

– Elle te manque donc tant ?

– Je…

Elles furent interrompues par M. Branwell qui portait un dossier poussiéreux.

– Charlotte. Je te cherchais… Après que tu m'as parlé de ton intérêt pour l'histoire d'Angrisey, je me suis souvenu de ces documents d'archives de Linton Hill. À ma connaissance, tout ça n'a jamais été trié. Ce pourrait être intéressant que tu en prennes connaissance… et même que tu nous fasses un exposé sur ce que tu auras appris.

Il lui tendit le carton.

– Tu serais d'accord ?

– Je ne sais pas. Il faudrait que je voie ce qu'il contient…

– Regarde et dis-moi. Il ne s'agit peut-être que d'un fouillis sans intérêt. On ne tombe pas toujours sur la carte de l'île au trésor lorsqu'on est historien.

Et, avant qu'elle lui ait répondu, il disparut dans le CDI.

Une découverte

Samedi 17 octobre 2015

Charlotte attendit le soir pour se plonger dans les archives. Le paquet n'était pas engageant. Il consistait en un tas de feuilles réunies par des élastiques en partie décomposés, de courriers administratifs retenus par des trombones rouillés, de cahiers dont la plupart étaient piqués d'humidité et sentaient le moisi. Elle espérait cependant y trouver un écho de ce qu'elle avait vécu la veille, peut-être des traces de l'histoire de Catherine ou du moins de ceux qu'elle avait côtoyés en 1942.

Elle exhuma des factures, des lettres officielles qui auraient sans doute comblé un historien motivé mais qui ne lui apprirent rien.

Dans une chemise en carton en partie rongée, elle dénicha un vieux cahier d'écolier. Elle s'était attendue à découvrir des exercices de calcul et d'écriture, mais non, il s'agissait apparemment d'un journal intime.

La première page avait été particulièrement soignée. On pouvait y lire en grandes lettres italiques : « *Journal de Jane Grey* », et, en plus petit en dessous : « *Si vous trouvez ce journal, merci d'en respecter l'intimité et de bien vouloir me le retourner au plus vite à l'école. Récompense.* » Au bas de la page, un dessin appliqué figurait un bâtiment dans lequel Charlotte reconnut la mairie-école de Gondal.

Le journal proprement dit commençait sur la page suivante. Il avait été rédigé avec une encre violette ternie par le temps. L'écriture en était soignée : lettres rondes, pleins et déliés tracés avec une élégance oubliée.

Intriguée, Charlotte parcourut les premières lignes. Au fur et à mesure de sa lecture, elle comprit qu'elle détenait là un document décisif qu'elle ne pourrait plus lâcher.

Et qui la concernait directement.

Journal de Jane Grey

Mercredi 1er octobre 1941

Voici plus d'un mois que je suis arrivée sur l'île et, jusqu'à ce soir, j'ai négligé ce journal. Plus d'une fois, je m'en suis fait le reproche sans parvenir à m'y atteler sérieusement. Une fois mon dîner expédié et mes cours préparés, je trouvais chaque jour une bonne raison pour remettre au lendemain ce moment d'intimité.

Peut-être parce qu'ayant achevé le précédent cahier peu de temps après ma sortie de l'École normale, j'hésitais à en commencer un nouveau, ici, à Angrisey.

Ou, puisque je veux dire ici le plus honnêtement possible ce que je ressens, peut-être avais-je peur de me retrouver seule face à moi-même ?

Seule...

Sur ce sentiment trop connu dont l'ennui, la douceur, m'obsèdent, j'hésite à apposer le nom, le beau nom grave de solitude.

Gondal est mon premier poste. J'y suis arrivée le cœur plein d'espoir et la tête pleine de projets, et très vite je me suis immergée dans mon travail, préparant avec soin chacun de mes cours et tentant, à mes heures libres, de découvrir cette île qui représente tout l'univers de mes élèves.

La mairie-école est un bâtiment qui a dû connaître des jours meilleurs. Il m'a fallu réaménager le logement qui surplombe la classe unique où je travaille et j'ai pu mesurer à quel point mon prédécesseur était un homme peu soigneux.

Ainsi, mes journées ont vite été bien remplies, mais je n'avais pas imaginé à quel point les soirées pouvaient être longues lorsque l'on est seule.

Certes, je suis entourée par les enfants auxquels je tente d'apprendre les rudiments de mon savoir. Lire, écrire, compter, des bases d'histoire et des bribes de géographie dont, en dehors d'Angrisey, ils ne voient pas l'intérêt. Un peu de sciences mais ils connaissent bien mieux que moi les fleurs sauvages qui germent dans la lande et la période de frai du bar ou le nombre d'œufs que pond la morue (entre deux et onze millions m'a expliqué le petit Maurice). Pour le reste, ils se soucient peu de ce qui n'appartient pas à leur quotidien et qui n'en fera jamais partie. Il va me falloir trouver des façons de les captiver aux mystères du monde !

En dehors des enfants, je croise leurs parents. Ils s'adressent à moi avec un mélange de respect et de méfiance. De gentillesse également, je dois le reconnaître. Disons qu'ils m'observent.

Pour beaucoup d'entre eux, je fourre dans la tête de leur progéniture des connaissances qui, pensent-ils, ne leur servira jamais. Pourtant, mon nom anglais hérité de mon père devrait me désigner comme une alliée...

On m'offre parfois un poisson, un chou-fleur, on me salue, on m'espère à la messe, mais le soir les portes des maisons se ferment sur l'intimité des familles et je retourne à mes copies ou à mes livres. Et à ma solitude.

En relisant ces premières lignes, je me sens bien égoïste. À quoi riment ces plaintes quand on sait que le monde se déchire dans une guerre sans merci ? Mais il est vrai qu'ici, sur Angrisey, nous sommes loin de tout. Le courrier ne nous parvient qu'à l'occasion du passage d'un navire.

Radio Paris crachote des nouvelles de la collaboration que nous préférons ne pas écouter et si un journal ne nous tombait pas, de temps à autre, entre les mains, nous aurions du mal à croire qu'un conflit mondial enflamme la planète depuis deux ans déjà.

Bien sûr, il y a les absents. Les hommes que je n'ai pas connus et qui sont partis au combat. C'est en lisant l'inquiétude dans les yeux de leurs mères et de leurs femmes que la guerre se rappelle à nous. Et lorsque des bombardiers anglais survolent nos côtes...

Bon, je dois cesser de me plaindre. Dimanche, je me suis juré de parcourir l'île du sud au nord et d'en découvrir plus à fond les paysages, jusqu'au manoir...

Charlotte marqua une pause dans sa lecture. Elle repensa à cette jeune femme aux cheveux blond-roux avec laquelle elle avait échangé un regard lors de sa visite en 1942. Appuyée au premier étage de l'école, elle ne pouvait qu'être l'auteur de ces lignes. Mais ce qui retenait surtout l'attention de la lycéenne, c'était la date où ce journal avait été tenu. 1941, l'automne où Catherine était arrivée à Gondal.

Charlotte réajusta sa lampe de chevet, tassa son oreiller derrière elle et se replongea dans cette chronique du village, avec l'espoir d'y apprendre ce que Catherine lui avait tu.

Dimanche 5 octobre

J'écris de nouveau.

Et avec plaisir.

Sentiment de se retrouver, enfin.

Aujourd'hui, longue promenade dans la lande que je commence à aimer. Le soleil d'automne irisait les herbes jaunissantes piquetées par endroits de discrètes fleurs mauves dont j'ignore le nom. J'en ai cueilli certaines en me proposant de commencer un herbier. Je suis persuadée que les enfants seront ravis de s'investir dans ce projet.

Je marchais au hasard, poussée par un vent du sud qui, insidieusement, m'a menée vers les hauteurs de l'île. Je me croyais dans un de ces romans anglais du dix-neuvième siècle que je dévorais lorsque je préparais le brevet. Sans en avoir réellement conscience, je me suis retrouvée aux abords de Linton Hill.

J'avais rendu visite aux châtelains lors de mon installation à Gondal. Le maire du village m'avait prévenue qu'il était de bon ton pour une nouvelle institutrice de se présenter à la famille Linton. L'idée m'avait scandalisée : nous ne sommes plus sous l'Ancien Régime et je ne dois pas ma nomination à ces gens mais à la République. Cependant, j'ai vite compris que, pour tous les villageois, je ne serais réellement reconnue comme l'institutrice légitime de Gondal que lorsque j'aurais été adoubée par cette visite rituelle.

J'ai cédé. Je me suis dit qu'un peu de diplomatie et une once de courtoisie ne nuiraient pas à ma mission.

C'est lors de cette visite que j'ai croisé Alfred pour la première fois.

Lorsque je suis arrivée à proximité du domaine, je l'ai aperçu dans le potager. Il conversait avec le jardinier. De loin, il m'a accueillie d'un grand signe enthousiaste et m'a offert quatre pommes qu'il venait de cueillir dans le verger voisin.

Nous avons bavardé un instant. Il m'a fait part de sa passion pour l'équitation et m'a proposé une promenade à cheval. Hélas, je n'ai jamais pratiqué un tel sport. « Je vous apprendrai ! » m'a-t-il promis.

Et rendez-vous a été pris pour jeudi prochain, jour de congé.

Les pommes sont maintenant sur la table devant moi. J'en croquerai une par soir et, lorsque j'aurai avalé la dernière, ce sera jeudi.

Jeudi 9 octobre

Deux lettres me sont parvenues aujourd'hui ! Une de mes parents, brève, ne me parlant que de la météo et de l'état de leur magnifique jardin qui s'épanouit dans leur banlieue bordelaise. À les lire, on a l'impression irritante que la guerre n'existe pas.

Tout autre est la longue lettre de Clotilde, avec qui je suis restée en contact après nos années à l'École normale. Elle a été nommée dans une école de la région parisienne et, à lire son courrier, je constate à quel point nos vies qui furent si proches sont aujourd'hui dissemblables.

Elle me parle des Allemands qu'elle croise chaque jour, du rationnement, des arrestations... Elle évoque cette nouvelle loi que le gouvernement de Vichy vient d'édicter et qui interdit de faire grève.

J'imagine la colère que doit ressentir ma Clotilde en bonne militante ainsi que je l'ai toujours connue. Pourtant, elle, si critique vis-à-vis des États-Unis, me dit espérer qu'ils entrent en guerre aux côtés des Alliés. Pour elle, ce serait la seule façon de libérer la France de l'occupant nazi.

A-t-elle raison, je l'ignore. Depuis que je suis sur l'île, ces événements semblent perdre de leur consistance. L'avancée des troupes allemandes sur Moscou et les autres nouvelles militaires qui emplissent la lettre de Clotilde ne parviennent pas à atteindre Angrisey et le rythme têtu et lent de sa vie.

J'ai compris maintenant que les journaux qui nous sont livrés ont été censurés et lorsque la TSF crachote ses informations collaborationnistes, je préfère tourner le bouton vers une station qui émet depuis un an, paraît-il, et que des Français réfugiés à Londres animent quotidiennement. C'est notre bouffée d'espoir. Cependant, j'ai honte de mon égoïsme mais, ce qui, aujourd'hui, m'importait, c'était ma première leçon d'équitation.

Tout s'est merveilleusement passé. Alfred est un moniteur attentionné et patient. Il avait confié mon inexpérience à un cheval calme, Robinson, qui, à mon avis, porte un nom parfait pour vivre sur une île...

Nous avons fait quelques tours dans le pré voisin du domaine avant de nous risquer, au pas, vers les premiers reliefs de la lande.

Oui, je le répète, tout s'est merveilleusement bien passé, mais, la prochaine fois, peu m'importent les cancans : j'enfilerai un pantalon sous ma jupe.

Samedi 11 octobre

Ce soir, à la fin des classes, j'ai reçu la visite d'Alfred Linton. Il me convie à une seconde leçon ce dimanche après-midi. En dépit des douleurs qui martyrisent encore mes fesses et mes cuisses, j'ai hâte d'être plus vieille de vingt-quatre heures.

Dimanche 12 octobre

Aujourd'hui, à dix heures du matin, je me suis rendue à la messe. Je ne suis plus croyante depuis des années mais je sais qu'il est important, pour les villageois, de se regrouper chaque semaine et j'estime que participer aux rites de la petite société dans laquelle vivent mes élèves fait partie de mon travail.

Et puis, c'est pour moi l'occasion de croiser certains parents que je ne vois guère le reste de la semaine.

La guerre est sur toutes les lèvres. J'apprends avec horreur que douze otages civils ont été exécutés par les Allemands en représailles à un attentat contre un capitaine de la Wehrmacht, le mois dernier à Paris. Mais ici, on parle aussi de la saison de la pêche...

La famille Linton au grand complet était présente. C'est inouï de constater, en plein vingtième siècle, que l'on peut encore vivre comme au Moyen Âge. L'aristocratie, repliée dans son manoir, se mêle à la foule de ses manants à l'occasion du service religieux.

Alfred m'a adressé un discret signe de la tête. Il était accompagné de son frère aîné, Georges, revenu du continent. Aussi brun que son frère est blond, il ne manque pas de charme, mais il paraît plus sombre, plus austère. Il n'émane pas de lui la légèreté que je ressens chez Alfred.

L'après-midi a été délicieuse. Bien que nous soyons déjà à quelques semaines de l'hiver, le soleil s'attarde et cette longue arrière-saison est propice aux promenades. Alfred m'a fait découvrir les recoins cachés de l'île, le bois Noir, la côte abrupte derrière le domaine familial, mais, plus que tout, c'est dans la beauté sauvage de la lande que réside le charme secret d'Angrisey.

« Que ferons-nous, le dimanche, lorsque l'hiver sera là? » ai-je osé lui demander. « La neige n'affecte pratiquement jamais notre île, m'a-t-il répondu, et les hivers y sont souvent doux. Nous avons bien plus à craindre la pluie que le gel. Et dans ce cas, il nous reste le plaisir de la conversation autour d'une tasse de thé et de muffins. Suzanne, notre cuisinière, les réussit à merveille. »

Je me suis surprise à avoir hâte que la pluie nous accable...

Mardi 14 octobre

Je n'ai pas encore parlé de Saturnin. Il s'agit d'un jeune homme au regard doux qui vit seul à Gondal depuis la mort de ses parents. Il a plus de vingt ans mais son esprit est celui d'un jeune enfant.

Saturnin rend service à chacun comme il peut et, en échange de ses services, on le paie en argent, en poisson, en légumes ou en l'invitant à manger. Il n'est jamais seul et j'admire la façon dont les habitants de Gondal se sont réparti la charge de l'entretenir et de lui donner une place parmi eux.

J'ai compris qu'à mon tour il me fallait lui proposer un travail. Bien que la saison soit très avancée, je lui ai demandé de retourner le potager attenant à l'école. Mon prédécesseur l'avait négligé. Faire pousser des légumes sera une belle activité à mener avec les élèves à partir du printemps. Ce sera leur jardin.

Saturnin a effectué son travail avec un soin exceptionnel. En remerciement, je lui ai confectionné une tarte aux pommes.

Mercredi 15 octobre

Après les classes, Alfred est venu me chercher en tenant Robinson par la bride. Il m'a fait découvrir des chemins qui m'ont semblé encore inexplorés. Nous les avons parcourus entre chien et loup jusqu'à ce que le crépuscule nous surprenne. J'aurais voulu continuer ainsi toute la nuit mais, malgré moi, j'ai dû insister pour rentrer. Il me fallait préparer ma classe pour le lendemain.

Arrivés près de l'école où je loge, avant de me quitter, Alfred a mis pied à terre et m'a enlacée en silence. Ce fut un moment d'une infinie douceur.

Nous nous sommes séparés sans un mot, sans promesse, mais nos yeux parlaient pour nous.

Ce soir, je ne parviens pas à me concentrer sur mes copies à corriger.

Jeudi 23 octobre

Mes promenades avec Alfred commencent à faire jaser à Gondal. Hier soir, j'ai surpris deux élèves en train de graver une pierre qui encadre la porte de l'école. Ils avaient représenté la silhouette d'un couple qu'ils cherchaient à entourer d'un cœur.

Je les ai interrompus avant qu'ils n'achèvent leur œuvre et les ai sermonnés, leur expliquant qu'on ne devait pas détériorer le bien public. Mais, en mon for intérieur je me réjouissais de cette marque qui défiera le temps et qui gardera la trace de ma vie sentimentale. Cela étant, j'attends avec impatience le jour où nous échangerons notre premier baiser...

Mardi 28 octobre

Dès la fin des cours, j'ai renvoyé les enfants chez eux et je me suis préparée. Fébrilement.

Puis j'ai attendu.

Les minutes, trop longues, se sont écoulées. Je me répétais qu'Alfred et moi n'avions convenu de rien, qu'il allait venir, qu'il pouvait avoir été retardé, que j'étais trop impatiente.

Mais les minutes s'additionnant, se multipliant, se succédant les unes aux autres, toutes identiques, ou plutôt toutes de plus en plus longues, insupportables, j'ai redouté qu'il ait été victime d'un accident.

J'ai pensé à la guerre. Aurait-il été enrôlé d'urgence? Je multipliais les hypothèses, mais au lieu d'aller au-devant de lui, de m'informer, je restais stupidement seule à me morfondre. C'est alors que le doute s'est insinué en moi. Je me suis convaincue que, depuis trois semaines, je me faisais des illusions. Pourtant, la douceur de ses adieux, lorsqu'il m'avait enlacée, je ne l'avais pas rêvée!

Je cherchai à m'occuper pour distraire mon impatience, cependant, sans cesse, mes yeux revenaient à l'horloge. Bientôt, le ciel s'est voilé de mauve annonçant la tombée du jour. Alors, n'y tenant plus, j'ai attrapé mon imperméable et je suis partie à pied vers Linton Hill.

Il faisait sombre lorsque j'ai atteint le domaine.

J'ai aperçu Alfred debout au milieu de la terrasse. Il avait le visage levé vers le premier étage de l'aile est et s'entretenait avec une inconnue.

Instinctivement, je suis restée dans l'ombre. Ainsi, la famille Linton avait une invitée. Je n'avais aucune raison de me torturer. Il pouvait s'agir d'une cousine, d'une amie de Georges, d'une visiteuse impromptue...

Lorsque, éclairé soudainement par un rai de lumière, j'ai vu le visage d'Alfred, tout en séduction, ainsi que je l'avais connu au cours de ces jours derniers, hier même, mon estomac s'est noué de façon insupportable.

Je ne parvenais pas à entendre leur conversation mais leurs mots ne m'étaient pas nécessaires.

Transie, je savais que mes frissons n'avaient rien à voir avec la température. Fuir, rentrer, voilà ce que j'aurais dû faire, m'atteler à mes préparations et tout oublier, mais ce m'était impossible.

Soudain, j'ai vu l'inconnue enjamber l'appui de la fenêtre et descendre le long de la façade avec la souplesse d'une gymnaste pour s'entretenir avec Alfred. Étranges manières pour une étrange châtelaine : elle portait un pantalon.

Leurs mots me demeuraient inaudibles, mais j'ai vu Sébastien s'approcher d'eux avec deux chevaux et lorsque l'inconnue s'est mise en selle sur Robinson, j'ai ressenti cela comme une seconde trahison.

À l'instant où ils sont passés devant moi, je me suis tassée derrière un buisson de genêts et j'ai attendu qu'ils se soient éloignés pour rentrer par un autre chemin.

J'ai passé la soirée, meurtrie, maudissant Alfred et cette fille, cherchant à comprendre comment un homme pouvait se révéler si inconstant.

Cette fille est-elle plus belle que moi?

Peut-être...

Charlotte interrompit sa lecture une nouvelle fois, pensive. Elle avait l'impression de vivre depuis l'autre côté du temps, ce qui lui était arrivé en compagnie d'Alfred. Pourtant, les dates étaient sans ambiguïté. L'inconnue en question ne pouvait être que Catherine.

Ainsi, lorsqu'elle avait chevauché en compagnie de l'héritier de Linton Hill, elle était la troisième personne à qui il proposait sa promenade. Combien d'autres en avaient bénéficié avant ? Et combien d'autres après ?

Jeudi 30 octobre

J'avais espéré que je partagerais cette journée de congé avec Alfred, mais, vu les événements d'hier, je l'ai passée enfermée chez moi à le maudire, à maudire cette étrangère et à me maudire de ne pas aller lui dire en face ce que je pense de son attitude. Au moins, les jours de travail m'offrent une distraction que le jeudi me refuse.

Je me suis traitée d'idiote, effarée d'être tombée amoureuse si vite d'un garçon dont, en définitive, je ne connaissais rien. Mais, en dépit de mes raisonnements les plus sévères, en moi rien n'a changé. La souffrance est restée la même, et l'espoir aussi, malgré tout, qu'Alfred me revienne.

Dans l'après-midi, n'y tenant plus, je suis partie vers Linton Hill pour lui demander des explications mais, à mi-chemin, je les ai aperçus au botte à botte, longeant la ligne de crête qui offre ce paysage vertigineux vers le large. Alfred paraissait empressé auprès de la cavalière et j'en ai été à nouveau blessée au plus haut point.

Lorsqu'ils m'ont croisée, il m'a gratifiée d'un « Bonjour » indifférent comme si je n'étais qu'une villageoise parmi les autres, tandis que la jeune fille me saluait d'un innocent signe de tête.

Pour la dix-millième fois de la journée, je me suis demandé s'il se moquait de moi, ou s'il avait coutume de s'attacher au dernier jupon aperçu.

Ils se sont éloignés sans m'accorder plus d'intérêt qu'à un fragment de roche ou à un buisson de chardons et je suis restée assise face à ce paysage sublime à me ronger le cœur.

Dix minutes plus tard, c'est Georges, le frère aîné, qui, à son tour, parcourait la lande en solitaire. Il chevauchait une jument alezane et m'a saluée de sa mine grave. Cherchait-il à rattraper son frère et sa compagne? Pour me donner une contenance, je me suis attelée à la confection d'un bouquet de bruyère.

Une heure est passée où je me suis employée à calmer les battements de mon cœur.

Des nuages remontaient du sud lorsque je les ai vus revenir tous les trois. L'air affairée, je brandissais ma brassée de bruyère. Je ne voulais en aucune façon qu'ils s'imaginent que je les avais attendus mais ils ne semblaient pas attacher la moindre importance à mon emploi du temps.

Entre les cavaliers, l'ambiance avait changé. La jeune fille avançait aux côtés de Georges et il ne m'a pas fallu longtemps pour deviner qu'entre ces deux-là naissait un sentiment dont je suis certaine qu'ils n'avaient pas encore conscience mais qui pourrait bien tout dévaster. Une dizaine de mètres en arrière, Alfred affichait un visage sombre, fermé, un vilain pli marquant la commissure de ses lèvres.

J'ai cru un instant que la situation tournait à mon avantage et que, bientôt, nous reprendrions nos promenades au botte à botte, mais, lorsqu'il est arrivé à ma hauteur, il ne m'a pas même remarquée.

Dimanche 2 novembre

La Toussaint puis le jour des morts.

Deux jours de patience.

Ou peut-être devrais-je dire d'impatience.

Deux jours pendant lesquels j'ai cherché à m'oublier dans le travail, mais j'ai beau m'attarder sur mes copies, préparer de nouveaux cours pour les plus grands, renouveler les activités pour les petits, je peux m'acharner à redécorer la classe et mon logement, cuire des biscuits pour mes élèves, accompagner Saturnin dans le potager attenant à l'école, le jour prend fin inexorablement et me laisse face à une soirée solitaire où je remâche ce qui m'apparaît comme ma disgrâce. Aussi, je redoutais ce dimanche où l'école ne m'accaparerait pas.

À la messe, j'ai croisé les deux frères. Georges, sérieux comme à son ordinaire mais avec, dans le regard, une impatience que je ne lui avais pas vue jusqu'à présent, et Alfred, fermé, sombre. Jaloux.

Lorsqu'il m'a aperçue, il a semblé sortir d'un rêve éveillé et se souvenir brutalement de mon existence. Il m'a grimacé un sourire dont il ne parvenait pas à effacer l'amertume. « Je peux vous parler un instant, Alfred? » lui ai-je glissé. Il a paru surpris de ma demande. « B... bien sûr, a-t-il balbutié en roulant des yeux de droite et de gauche. Venez cet après-midi à Linton Hill. Je... Si vous le désirez, nous causerons. »

Ce n'était pas une bonne idée. Encore une fois, j'ai retraversé l'île du sud au nord, poussée par l'espoir d'une réconciliation. L'après-midi était douce.

À mon arrivée, avant que je puisse frapper à la porte du manoir, j'ai aperçu la jeune visiteuse sur la terrasse qui s'avançait gravement vers Georges, les yeux brillants. Pas de cheval cette fois. Ils ne se parlaient pas, et j'ai vu à leurs regards qu'ils n'en avaient pas besoin. Ils se trouvaient déjà au-delà des mots, dans un monde à eux, et j'en ai éprouvé, je dois l'avouer, de la jalousie... puis de l'espoir. Il était désormais évident que, pour cette inconnue,

Alfred n'existait pas ou du moins qu'il lui était indifférent. Ils sont partis à pied, côte à côte, vers le bois Noir, toujours silencieux.

Je me suis retournée vers le bâtiment principal. C'est alors que j'ai vu Alfred, derrière une des portes-fenêtres du rez-de-chaussée, livide, le regard fixé sur les deux amoureux. En m'apercevant, il a disparu dans l'ombre de la pièce. J'en ai eu le souffle coupé. J'ai fait demi-tour et je suis rentrée au village.

Seule.

Jeudi 6 novembre

Catherine.

C'est le prénom de la jeune fille.

Je l'ai appris de la bouche de Germaine qui tient l'épicerie-boulangerie-buvette de Gondal, l'endroit où toutes les informations s'échangent et où les secrets finissent par se révéler. Elle-même l'a appris de Sébastien, le palefrenier qui travaille au manoir. L'apparition soudaine de cette inconnue sur l'île fait s'agiter bien des langues. Malgré leur discrétion, les amoureux n'échappent pas aux regards curieux des habitants de ce monde clos.

Mais ils ne savent pas tout et Germaine ignore depuis quand Catherine séjourne dans l'île. Surtout, elle qui pointe chacune des arrivées de bateau assurant ses livraisons, elle se demande par quel navire elle a pu débarquer.

J'ai répondu à ses confidences par un sourire réservé. Avant que j'emporte mon pain, elle m'a retenue et, en baissant le ton, elle m'a confié : « Il risque d'y avoir du vent dans les voiles au château... » Elle a jeté un coup d'œil prudent vers la buvette avant de lâcher : « C'est que monsieur Georges, il est fiancé avec mademoiselle Mazouir ! » Et comme je ne répondais toujours pas, elle a ajouté sur le ton de l'évidence : « Mazouir ! Les usines Mazouir, sur le continent ! Grosse fortune ! Elle en est l'héritière. »

Que m'importe ! Ce n'est plus mon affaire. Je m'efforce de tourner la page et de soigner mes blessures.

Dans le couloir, un craquement du parquet ramena brutalement Charlotte en 2015. Elle éteignit aussitôt sa lampe et resta l'oreille aux aguets. Un coup d'œil à son téléphone lui confirma l'heure. 00 h 13. À cette heure-là, elle était censée dormir mais elle était captivée par ce témoignage.

Sa lecture lui permettait de voyager dans le temps vers 1941 de façon aussi intense que ce qu'elle avait connu le jeudi précédent.

Aucun autre bruit suspect, le silence régnait à nouveau. Charlotte ralluma sa lampe de chevet et, malgré la fatigue, se replongea dans sa lecture.

Lundi 10 novembre

Le temps a brusquement viré, effaçant d'un coup les douceurs de l'automne. Pluie, bourrasques. Un vent de légende retourne la mer et les chalutiers restent au port. Saturnin s'est spontanément présenté à l'école et, sans m'en demander la permission, il s'est employé à clouer les volets à l'aide de solides traverses de bois.

En récupérant leurs enfants, les parents m'ont confirmé que, demain, ils ne les enverraient pas en classe.

Mardi 11 novembre

La tempête est venue.
Sauvage, brutale, fascinante.

Des toitures ont été arrachées, mais l'école a bien résisté.

Pas de classe. Chacun restait terré chez soi.

Pourtant, j'ai voulu voir ce spectacle de fin du monde. À peine avais-je fait trois pas dehors que, malgré l'imperméable dans lequel je m'étais sanglée, je me suis trouvée trempée jusqu'aux os.

Qu'importe ! Le spectacle infernal valait la peine d'être vu. Les vagues se fracassaient sur la digue et les assauts de la tempête s'engouffraient dans le village comme s'ils n'avaient d'autre but que de l'effacer de la surface du monde. La terre tremblait sous mes pieds et le vent en furie tentait d'arracher l'île de son socle pour l'emporter comme un vulgaire fétu. Je me suis risquée jusqu'au port, et là j'ai compris l'importance de la digue qui, au large, brise la force des lames meurtrières. Sans elle, nous serions balayés.

Je m'étais plaquée contre le mur de la buvette lorsqu'un coup de vent m'a soulevée, me rejetant dix mètres plus loin. Je suis rentrée en trébuchant, mi-debout, mi-pliée, me servant des murets de clôture pour progresser jusqu'à l'école

Là, dégoulinante, boueuse, j'ai refermé la porte et m'y suis adossée, essoufflée. Je sentais encore dans mon dos les coups de butoir que les bourrasques folles continuaient à lui asséner, comme si elles voulaient me punir de mon audace.

Mercredi 12 novembre

Ce matin, le soleil est éclatant. La tempête a lavé le monde et un jour nouveau se lève sur Angrisey. Il y a bien quelques toitures à réviser, deux navires à remettre à flot, mais, dans l'ensemble, si l'on considère la puissance des éléments, Gondal se sort à merveille de cet enfer.

Malgré moi, je ne peux m'empêcher de me demander comment le manoir, sur les hauteurs de l'île, a vécu l'attaque de la tempête.

Samedi 15 novembre

Nous nous enfonçons dans l'automne et pourtant, le beau temps perdure. J'ai appris que Linton Hill n'a pas souffert de la tempête.

Je continue à m'interdire mes balades sur la lande, désirant rester à l'écart des aventures amoureuses qui s'y nouent. Mais la douceur de la complicité qui commençait à me lier à Alfred me manque. Je fais *tout mon possible pour ne plus penser à cette histoire amère. Le sentiment de ma solitude est toujours aussi vif.*

Un triste incident est survenu hier soir. Alors qu'il portait des caisses de vin à l'intérieur de la buvette, Saturnin s'est fait bousculer par Fernand, un pêcheur qui avait bu plus qu'il aurait dû. Deux bouteilles ont éclaté sur le sol. Rien de grave, pourtant Saturnin est entré dans une colère folle, disproportionnée. Il a fallu toute la diplomatie de Germaine couplée aux muscles de deux consommateurs pour le maîtriser et le calmer.

Dimanche 23 novembre

Ça y est. Les Allemands sont sur l'île.

Leurs navires sont apparus à l'horizon, hier en début d'après-midi, semant la panique dans Gondal. Les bruits les plus fous circulaient, menace de massacre, de déportation, d'enrôlement de force... mais, pour l'instant, rien de tout ça ne s'est produit, fort heureusement.

Des hommes très corrects se sont présentés au manoir et ont fait savoir qu'ils venaient prévenir toute tentative de débarquement anglais.

Les officiers se sont installés à Linton Hill et les hommes de troupe séjournent dans les chambres que Germaine loue parfois aux travailleurs saisonniers avant leur départ pour la pêche.

J'ai mal au ventre de dire des Allemands qu'ils se sont conduits de façon correcte. Je n'oublie pas que leurs compagnons d'armes exécutent des otages sur le continent. Lors de leur inspection de Gondal, ils ont été reçus par une population hostile qui a choisi de se murer chez elle et d'opposer un silence revêche à leurs tentatives de contact : le silence de la mer.

Deux soldats sont venus à l'école et m'ont demandé mes papiers. En déchiffrant mon patronyme, ils se sont étonnés et m'ont demandé dans leur français maladroit si j'étais anglaise. « Non messieurs ! Nous sommes français depuis sept générations ! » ai-je clamé. Ils sont partis sans un mot de plus. Lorsque j'ai refermé la porte, j'ai regretté que ma mère ne m'ait pas prénommée Marguerite.

Il va bien falloir continuer à vivre. Nos adversaires avaient déjà pris possession des autres îles anglo-normandes l'an passé. Ils avaient alors ignoré Angrisey, trop petite, trop à l'écart. Il semble aujourd'hui que les enjeux de la guerre lui donnent un nouvel intérêt dont, ici, on se serait bien passé.

Ce matin, à la sortie de la messe, les visages étaient fermés. Et inquiets. L'ordre éternel de l'île venait de changer, des ennemis occupaient son sol. Fait rare et, si j'en crois certaines langues, c'est même un événement historique, aucun membre de la famille Linton n'était présent à l'église. Sans doute ont-ils voulu marquer leur réprobation à la présence des troupes d'occupation sur notre île.

Cet après-midi, par contre, ils étaient là et bien là. Je veux dire Robert Linton, le père d'Alfred et Georges, maître du manoir et, on pouvait le penser, de toute l'île avant l'arrivée des Boches. Il a arpenté le village, frappant aux portes, questionnant, fouillant certaines demeures abandonnées. Et le bruit a vite circulé qu'il cherchait Catherine.

Il s'est rendu chez Maria qui, avant de prendre sa retraite à Gondal, servait au domaine. Mais il n'a rien trouvé, ni là ni ailleurs.

Pour ce que j'ai pu entendre, personne ne sait où cette fille se cache, ce qui me semble très étrange. La plupart des habitants du village connaissent chaque recoin d'Angrisey, la moindre crique, le plus petit repli de la lande, et le bois Noir ne présente plus aucun secret pour eux.

C'est d'autant plus bizarre qu'il me semblait que Catherine demeurait à Linton Hill.

Jeudi 27 novembre

J'ai reçu une nouvelle lettre de Clotilde. Elle me parle de la situation dans la région parisienne et me glisse à mots couverts qu'elle ne peut plus supporter de voir les Allemands se croire chez eux partout. Elle veut prendre part au combat souterrain, qui, me dit-elle, se met en place pour résister à l'occupant. J'admire son audace mais sa confidence m'effraie. Par prudence, j'ai brûlé sa lettre.

À la buvette, Germaine, qui semble savoir tout ce qui se passe sur l'île, m'a confié que les Linton sont toujours à la recherche de Catherine.

Certains villageois arpentant les terres vierges d'Angrisey l'ont vue dans les bras de Georges, ils étaient cachés dans un recoin sauvage.

D'autres les ont aperçus depuis leur chalutier. Ils s'aimaient dans une crique inaccessible. Mais la gouvernante du manoir, Mme Vincent, a assuré à Germaine que Georges regagne chaque soir le domaine seul et personne ne parvient à savoir où Catherine se cache.

Du coup, à Linton Hill, l'ambiance est orageuse : les deux frères ne s'adressent plus la parole et leur père est furieux que Georges mette en péril son projet d'union avec Corinne Mazouir. Celle-ci doit venir depuis Cherbourg avec ses parents dans trois semaines et M. Linton père a demandé à Georges de reprendre ses esprits et de cesser toute relation avec l'inconnue. Une question d'honneur, a-t-il ajouté.

Samedi 29 novembre

De nouveaux Allemands ont débarqué. Ils ont installé canons et mitrailleuses sur la pointe nord et sur la côte est de l'île pour prévenir tout débarquement anglais. Il paraît qu'Angrisey pourrait leur servir de base arrière pour envahir les côtes normandes et libérer notre pays de l'occupation boche.

« Boches, frisés, fridolins, Fritz, doryphores, vert-de-gris, schleus... », nous sommes très forts pour inventer des appellations méprisantes contre nos envahisseurs. Nous nous soulageons avec les mots, faute de pouvoir le faire avec des armes. Mais des personnes comme Clotilde ont d'autres courages...

Parmi les nouveaux venus, un officier à l'uniforme noir fait trembler ses propres troupes. Il inspecte tout et lorsque son regard tombe sur un des habitants, on y lit le mépris infini qu'il ressent pour nous, les vaincus. Il s'est accaparé les chambres de

Germaine et a envoyé les hommes de troupe dormir dans une grange.

Tout le monde ici se demande pourquoi il ne s'est pas installé au manoir. Pour surveiller la population de plus près ?

Mardi 9 décembre

Depuis quelques jours, nous avons remarqué que Georges rendait régulièrement visite à Maria et maintenant, nous en savons la cause : Catherine a trouvé refuge chez elle. Elle s'y serait glissée il y a deux ou trois nuits. Maria, qui a été la nourrice des frères Linton, n'a jamais caché que Georges était son préféré.

Hier soir, Robert Linton s'est présenté à nouveau chez son ancienne employée en exigeant de parler à la jeune fille afin de lui expliquer qu'il n'y avait pas de place pour elle et que, pour le bien de tous, pour l'avenir de Georges, elle se devait de quitter l'île. Mais il n'a pas pu la voir, Maria faisait barrage.

Cette solide femme qui a le cœur trois fois plus grand que l'île s'est permis de lui rappeler que nous sommes en République et que les Linton ne sont pas les maîtres de toute chose à Angrisey.

Et elle a ajouté que Catherine pourrait rester chez elle autant qu'elle le voudrait.

Le père Linton n'a pas apprécié.

Jeudi 11 décembre

Un événement survenu de l'autre côté de la planète va peut-être changer le déroulement de la guerre. Le 7 décembre, à Pearl Harbor (j'ignore où cela se trouve), les Japonais ont attaqué la flotte des États-Unis qui leur ont aussitôt déclaré la guerre ainsi qu'à l'Allemagne.

Vendredi 12 décembre

Cet après-midi, alors que j'avais entamé une leçon de grammaire, la porte de la classe s'est brutalement ouverte sur l'officier allemand, escorté de deux de ses hommes. Sans un mot ni un regard à mon intention, il a arpenté la classe en dévisageant chaque élève.

Soudain, dans la rangée des grands, il s'est arrêté devant Michel et s'est tourné vers moi en me demandant : « Juif? »

J'ai reçu sa question comme une gifle. J'ai toutefois maîtrisé ma colère et je lui ai répondu le plus froidement possible : « Français, monsieur, et pour moi, cela suffit ! » Un mince sourire s'est affiché sur son visage. Il a hoché la tête avant de ressortir sans autre commentaire, ses chiens de garde sur les talons.

Il m'a fallu plus d'une heure après sa visite pour retrouver mon calme.

À ma colère se mêlait de la peur.

Dimanche 14 décembre

Après déjeuner, je me suis rendue chez Germaine pour rompre la solitude qui m'étreint encore trop souvent. Elle m'avait offert une petite quantité de beurre arrivé clandestinement du Calvados en échange de poisson. Pour la remercier, j'avais confectionné mes sablés mais, faute d'approvisionnement, je n'ai pu y ajouter les amandes grillées qui leur donnent ce goût si agréable.

Je les lui ai offerts tandis qu'elle me servait une de ses tisanes aux herbes de l'île. Nous échangions des paroles futiles, l'arrivée de l'hiver, les traces de la tempête récente, la gentillesse de Saturnin, rien de bien décisif car, dans un recoin, deux soldats allemands buvaient une bière.

Brusquement, la porte s'est ouverte, une villageoise est entrée et a déposé devant moi un petit bouquet de fleurs sauvages. Cinq minutes plus tard, une autre est arrivée avec son mari et ils m'ont offert une bouteille de cidre. Plusieurs parents d'élèves se sont succédé avec, à chaque fois, un geste généreux, souvent modeste, toujours délicat, certains me glissant un timide merci et poussant parfois l'audace jusqu'à me dire : « Nous sommes tous français sur l'île. »

J'ai compris que mon altercation avec l'officier leur avait été rapportée et qu'ils me remerciaient pour mon attitude. D'un seul coup, je me suis sentie appartenir à cette communauté des gens de l'île et j'ai dû retenir une larme, tant l'émotion me submergeait.

Jeudi 18 décembre

Alfred m'apparaît sous son véritable jour, celui d'un garçon perdu. Depuis quelque temps, on le voit chevaucher en compagnie des officiers allemands. Ne devine-t-il pas que les Boches se servent de lui pour mieux connaître les habitants de l'île et tout apprendre sur les uns et les autres? Cet imbécile profite du pouvoir de nos envahisseurs pour se croire redevenu le maître d'Angrisey, ainsi que ses ancêtres ont dû l'être, voici quelques siècles.

Dois-je préciser que cette collaboration passive n'est pas du goût de tout le monde ici?

Dimanche 21 décembre

Les vacances d'hiver qui débutent aujourd'hui me renvoient à ma solitude, mais après les preuves de sympathie de dimanche dernier elle n'a plus le goût amer que l'abandon d'Alfred lui donnait.

Ce matin, à l'heure où le village se retrouvait pour la messe, j'ai eu la surprise de recevoir la visite de Catherine. Ma première réaction a été la méfiance. Pourquoi venait-elle me voir, moi? Ignorait-elle que son arrivée avait provoqué la rupture de la relation que je commençais à tisser avec Alfred?

En fait, elle voulait me demander si je ne pouvais pas lui prêter quelques livres pour tromper son ennui.

Maria est la gentillesse faite femme mais elles ne peuvent passer leur temps à parler et l'ancienne gouvernante ne possède que de vieux Almanachs Vermot dont les blagues finissent par la lasser.

Je lui ai prêté mon exemplaire de Jane Eyre qui a certainement contribué à ma vocation. Catherine m'a avoué l'avoir dévoré il y a deux ou trois ans, elle serait ravie de le lire à nouveau.

C'est une fille étrange. Vive, intelligente. Belle aussi, je dois le reconnaître. Agréable. Une aura de mystère lui reste cependant attachée. Elle utilise parfois un vocabulaire surprenant. Ainsi, voulant savoir l'heure, elle a pesté d'avoir oublié son chargeur pour son portable et j'avoue ne pas avoir compris ce dont elle parlait. Lorsque ces mots lui échappent, elle se referme soudain.

Pour Georges et Alfred, nous nous sommes expliquées. Elle a eu conscience des bouleversements dus à son arrivée et elle m'a avoué qu'elle les regrettait. Mais elle m'a également confié qu'elle avait été brutalement submergée par l'amour qu'elle ressentait pour Georges, et que le trouble qui en avait résulté pour chacun d'entre eux avait relégué au second plan toute prudence, toute raison.

Sur son arrivée et sa présence sur Angrisey, elle est restée évasive et elle n'a pas dissipé le mystère qui entoure son apparition à Linton Hill. Elle doit avoir ses raisons.

Sa visite qui ne devait durer que quelques minutes s'est prolongée plus de deux heures et je crois que je me suis fait une amie.

Au moment de me quitter, j'ai vu dans son regard qu'elle hésitait encore à me confier un de ses secrets. Finalement, dans un souffle, elle m'a lâché : « J'attends un enfant. »

Et elle est repartie.

Jeudi 25 décembre

En ce jour de Noël, mes pensées vont vers tous ceux qui souffrent sur terre. Peut-on émettre un message de paix alors que le monde est en guerre?

Hier soir, je suis allée réveillonner chez Germaine. Étaient présents Lucien, son mari, qui est également le maire de Gondal, Saturnin, Maria et Catherine. Nous avions commencé à trinquer à la paix lorsque la porte s'est ouverte sur Georges Linton. Il portait à la main un baluchon et nous avons tous immédiatement compris que ce maigre bagage représentait le cadeau qu'il faisait à Catherine. Bravant l'autorité paternelle, il venait s'installer avec elle.

Sans lui poser la moindre question, Germaine lui a dressé un couvert, il a pris place à la table à côté de celle qu'il aime et, le temps d'une soirée, j'ai eu à nouveau l'impression d'avoir une famille autour de moi.

Samedi 27 décembre

Les réactions ne se sont pas fait attendre.

Aujourd'hui, Catherine m'a raconté qu'un valet avait porté une lettre du manoir pour la remettre en mains propres à Georges. Elle était signée par Robert Linton en personne. Celui-ci lui donnait trois jours pour regagner le domicile familial afin de faire face à ses engagements auprès de Mlle Mazouir. Il ajoutait qu'il verserait à Catherine (il avait écrit : « la jeune personne ») une somme confortable pour lui permettre de quitter l'île et d'élever son enfant loin d'eux.

Georges a fait rapporter la lettre par le même valet après avoir pris soin de la déchirer en petits morceaux.

Jeudi 1er janvier 1942

L'année qui vient de naître verra-t-elle s'achever la guerre qui enflamme le monde ? En ce premier jour de l'an, nous ne pouvons faire d'autre vœu que celui-là.

Lundi 5 janvier

Mes élèves ont rejoint les bancs de l'école. La classe a repris.

Georges cherche du travail. Il ne peut accepter que Catherine et lui vivent aux crochets de Maria. D'autant plus que, bientôt, il aura charge de famille et qu'il lui faudra subvenir aux besoins de trois personnes. Mais les emplois ne sont pas légion dans l'île. Malgré son inexpérience, Fraisse, un pêcheur, a accepté de le prendre comme matelot tout en sachant qu'il encourait la colère des maîtres de Linton Hill. Il l'a averti qu'il ne pourrait le payer qu'en poisson. « Les poissons, ça se mange ! » lui aurait répondu Georges avec enthousiasme. Catherine cherche aussi du travail mais qui, à Gondal, a les moyens de l'embaucher et, plus encore, de la payer ?

Dimanche 25 janvier

Je délaisse ce journal. Sans doute est-ce la preuve que je trouve progressivement mes marques dans la communauté du village et que j'y noue des relations.

Catherine a dévoré l'un après l'autre tous les livres que j'avais emportés avec moi. J'ai écrit à Clotilde pour qu'elle m'en envoie d'autres mais je n'ai pas reçu de réponse à ce jour. Alors j'ai écrit à Cherbourg. J'avais eu l'occasion de fréquenter une librairie avant d'embarquer pour Angrisey. Je suis certaine qu'elle pourra nous approvisionner... si les Allemands le permettent. Ma lettre est partie par le bateau qui, hier, a été autorisé à assurer le ravitaillement de l'île.

Georges n'est visiblement pas fait pour la pêche. Il a réalisé quelques travaux chez les uns et les autres et semble développer un réel talent de menuiserie. Catherine, elle, ravaude les filets de pêche troués.

Vendredi 30 janvier

Vive altercation aujourd'hui entre Georges et Alfred. Ce dernier se pavanait au botte à botte avec ses amis allemands, et lorsqu'il est passé à la hauteur de son aîné, celui-ci n'a pu se retenir. Il a désarçonné son frère et l'a secoué par le revers de la veste en le traitant de collabo sous les yeux des Boches qui s'amusaient de la scène et n'ont pas même cherché à séparer les adversaires.

Il a fallu que Lucien, accompagné de clients de la buvette, intervienne pour mettre fin à cet affrontement où les mots dépassaient en violence les coups échangés.

Au-delà du reproche de collaboration, on sentait que, dans la hargne qui sépare les deux frères, ressurgissait leur rivalité dans le cœur de Catherine ou dans ceux de leurs parents...

Samedi 14 février

Mariage aujourd'hui, en l'église Saint-Pierre de Gondal, de Catherine Gaskell et Georges Linton.

Étant donné l'état de la mariée, les bons chrétiens ont refusé d'être là, mais les amis fidèles étaient présents. Bien sûr, personne ne s'est déplacé depuis Linton Hill. C'est au bras de Germaine que Georges s'est avancé dans la nef et c'est Lucien qui a conduit la fiancée à son mari.

Catherine m'avait fait l'honneur et le plaisir de me demander d'être son témoin. Comme un signe de bonheur, le soleil s'est levé au moment où le couple sortait de l'église et nous avons pu trinquer sur la terrasse devant la buvette de Germaine. Saturnin a joué (fort bien, d'ailleurs) de sa cornemuse et le cidre a sanctifié la noce.

Samedi 21 février

À partir de lundi, Catherine va s'occuper de la classe des petits. Je pouvais continuer d'assurer seule ce travail mais je pense qu'elle a besoin de se rendre utile. Lorsque la guerre cessera, peut-être pourra-t-elle à son tour devenir institutrice ?

De nouveaux soldats allemands sont arrivés en remplacement des premiers. Mais l'homme en noir, le SS, est resté. Nos adversaires craignent toujours que l'île soit envahie par les Anglais pour organiser un débarquement sur les côtes françaises. À mon avis, ce n'est pas demain la veille.

Charlotte marqua une nouvelle pause. Ses yeux chargés de sommeil commençaient à la brûler, mais elle ne parvenait pas à lâcher ce récit.

Elle attrapa la bouteille d'eau qu'elle gardait toujours au pied de son lit, en avala deux longues gorgées, croqua un morceau de chocolat noir et poursuivit sa lecture.

Jeudi 26 février

Un drame. Un terrible drame. Je dois me calmer pour trouver les mots qui... Ma main tremble en saisissant ma plume.

Cet après-midi, sur le port, Saturnin s'activait pour décharger un chalutier. Il entreposait des casiers de poissons sur le quai lorsqu'un Allemand qui patrouillait à proximité s'est approché, désœuvré. Il avait bien vu que le pauvre garçon n'avait pas toute sa tête et il s'est mis à rire de lui. Saturnin l'a ignoré et le Boche n'a pas aimé ça, alors il a fait un pas de plus et a poussé un des casiers à la mer.

Ici, tout le monde le sait, Saturnin est d'une gentillesse infinie, mais lorsqu'une contrariété trouble son quotidien il entre en furie.

C'est ce qui s'est passé une nouvelle fois. Fou de rage, il s'est jeté sur le soldat et a commencé à le frapper au visage, encore et encore et, avant que quiconque ait pu l'arrêter, l'Allemand gisait sur le quai, le visage en sang, inconscient. Et Saturnin frappait toujours. Il a fallu deux pêcheurs pour l'éloigner du militaire.

C'est alors qu'est arrivé le SS. Il avait dû observer la scène de loin. Il s'est approché, n'a pas jeté un seul regard sur le soldat inconscient mais, très calmement, il a dégainé son pistolet et tiré par trois fois sur Saturnin, en pleine tête. Les pêcheurs ont à peine eu le temps de s'écarter que le garçon s'effondrait à son tour, mort.

Dimanche 1er mars

Le jour ne s'était pas levé que l'on frappait à ma porte. Craignant un nouveau malheur, je me suis drapée dans une couverture pour ouvrir. C'était Georges. Il s'est faufilé et a refermé la porte avant de me parler. J'ai aussitôt remarqué que son regard était plus sombre qu'à l'ordinaire. On lui avait rapporté mon attitude lors de la venue du SS dans ma classe et il me jugeait digne de recevoir ses confidences.

Avec d'autres habitants de Gondal, il fait partie d'un réseau de résistants !

Ils ont des contacts avec Londres et ont reçu l'ordre de saboter les batteries de canons installées par les Allemands. « Mais ce n'est pas le plus urgent, m'a-t-il expliqué. Nous ne pouvons pas laisser leurs crimes impunis. Après ce qu'il a fait à Saturnin, le SS ne mérite pas de vivre... »

Avant qu'il ne poursuive, je lui ai dit ce que je pensais de son projet, qu'il allait être père et qu'il avait des responsabilités, que toute action irraisonnée risquait de jeter d'autres familles dans la douleur, notamment la sienne et celles de tous ceux qui voudraient l'aider.

Plus je parlais, moins il m'écoutait. La seule raison de sa présence chez moi était de me faire promettre que, au cas où sa mission se passerait mal, je m'occuperais de Catherine et de son enfant.

Je l'ai supplié de réfléchir mais j'ai vu dans ses yeux que sa résolution était prise. Lui qui, depuis des mois, vivotait au service des uns et des autres, semblait avoir trouvé une raison de vivre : s'engager contre nos envahisseurs.

Alors, voyant que je ne parviendrais pas à le convaincre, je lui ai promis de veiller sur Catherine tout en faisant le vœu que ce ne soit jamais nécessaire.

Mercredi 4 mars

Gondal semble calme, endormi, mais je sais désormais que, sous son assoupissement apparent, la colère gronde.

Je veux croire que Georges aura réfléchi. Dimanche, je lui ai dit à quel point je trouvais lâche de ne rien dire à Catherine. Il m'a avoué que s'il le faisait, elle l'empêcherait d'agir et qu'alors il aurait honte de lui-même. Je trouve triste qu'il ne lui fasse pas confiance sur ce point.

Mardi 17 mars

Il l'a fait. Ce matin, les Allemands en poste dans l'île sont venus au village et ont fouillé chaque maison, l'école, l'église, les granges... Ils se sont attardés dans les entrepôts du port, ils ont inspecté les jardins puis ils ont élargi leur enquête aux terres sauvages d'Angrisey. On m'a rapporté qu'ils ont également retourné tout le manoir et mené des patrouilles dans le bois Noir. La raison? L'officier SS a disparu et, évidemment, les Boches sont sur les dents et ils suspectent tout le monde.

Cet après-midi, ils ont interrompu l'école et ont réuni les villageois devant l'église. L'officier qui, en l'absence du disparu, a pris le commandement, nous a fait savoir que, sans nouvelle de leur chef, ils exécuteraient un otage chaque demi-journée à partir de demain matin... à moins qu'un coupable se dénonce.

« Et s'il a eu un accident, votre chef, là? a demandé Germaine. On n'y est pour rien, nous. Les côtes sont dangereuses à Angrisey. » « Alors tant pis pour vous », a conclu le Boche, aussi cynique que le disparu.

Et voilà, le piège s'est refermé. S'il s'échappe maintenant, Georges condamne des innocents et je sais qu'il ne le fera pas.

Dimanche 29 mars

Et c'est ce qui s'est passé. Mercredi 18 mars, il y a déjà onze jours. Je n'ai pas eu les mots pour le dire alors, et je n'ai pas beaucoup plus de courage aujourd'hui.

Le mercredi 18 mars au matin donc, les Allemands nous ont réunis comme ils l'avaient promis.

Personne n'avait retrouvé le corps du SS et tout le monde savait qu'avec la mer toute proche il était illusoire d'imaginer qu'il puisse réapparaître un jour.

Si les Boches se sont montrés cruels, c'est bien qu'ils avaient peur, isolés qu'ils sont sur l'île. Leur chef est passé parmi nous, et il s'est arrêté devant Catherine.

« Elle », a-t-il dit simplement. Ça a suffi pour que Georges se jette sur lui, mais...

Je n'ai pas le courage de revivre par les mots ce que nous avons vécu ce matin-là. Qu'il suffise de dire que Georges a avoué, qu'il a juré avoir agi seul. Il a été exécuté sur l'heure, sans autre forme de procès.

La nuit est à nouveau tombée sur l'île.

Charlotte referma le cahier et inspira profondément. Bien sûr, elle avait entendu parler de la guerre de 1939-1945, au collège, dans des films. Elle avait lu des histoires de Résistance, d'exploits, la petite histoire mêlée à la grande. Des récits touchants, impressionnants et parfois révoltants, mais qui ne la concernaient pas directement.

Rien à voir avec ce qu'elle était en train de lire.

Elle ressentait intensément l'affrontement entre les Allemands et les habitants de l'île et le drame qui venait de survenir.

La mort de Georges qu'elle n'avait pourtant pas connu la terrassait. Sans doute parce qu'elle atteignait au plus profond son amie, une fille de son âge ou presque, qui avait connu une enfance proche de la sienne et qui, maintenant, se confrontait à l'horreur de l'Histoire.

Elle s'essuya les yeux.

Georges avait eu tort de ne pas se confier à Catherine. Peut-être auraient-ils pu fuir ? Ou bien celle-ci aurait-elle pu l'emmener au manoir et, par la fenêtre de la chambre douze, le cacher en 2015…

Sauf que cela aurait condamné des otages, et il ne l'aurait pas accepté.

Jeudi 7 mai

Angrisey est notre prison. Il nous est interdit de quitter l'île sans autorisation. Pour aller où d'ailleurs ? Dans un monde en guerre ? La méfiance envers l'occupant s'est accrue et elle est réciproque.

Après la mort de Georges, Catherine s'est effondrée et je ne chercherai pas à décrire sa douleur. Maria a consacré toute son énergie à la garder en vie. Je l'ai secondée comme j'ai pu, mais que dire qui lui donne encore le goût de vivre? Notre seul argument était l'enfant qu'elle porte, unique trace de Georges sur cette terre et qu'elle se doit, désormais, de mener sa grossesse à son terme. Elle devra l'élever ensuite, du mieux qu'elle le pourra.

Germaine m'a raconté qu'au manoir Robert et Cora Linton, les parents de Georges, sont effondrés eux aussi. Les Allemands considèrent qu'ils sont complices de leur fils et leur interdisent de sortir plus de quinze minutes par jour sur la terrasse, un petit quart d'heure dont la mère ne profite pas tant elle est anéantie d'avoir perdu deux fois son fils aîné : une première lorsqu'il les a quittés et la seconde...

Seul Alfred est autorisé à venir à Gondal.

Lorsque je l'ai revu après la mort de son frère, je lui ai ostensiblement tourné le dos mais j'ai vite compris que mes états d'âme lui étaient indifférents. Rien d'autre ne comptait pour lui que Catherine. Ses sentiments à son égard n'ont pas changé et dès que les Boches l'y ont autorisé, il s'est précipité chez elle.

Toujours murée dans sa douleur et sa colère contre le reste de la famille Linton, elle a refusé de le recevoir.

Mardi 9 juin

Ça devient un rituel. Depuis plus d'un mois déjà, tous les trois ou quatre jours, Alfred vient au village et demande à voir Catherine et chaque fois il trouve porte close.

Maria a essayé de faire comprendre au jeune homme que ses démarches étaient inutiles mais il ne veut rien entendre. Il revient et revient encore. Obtus, persuadé que son insistance aura raison de la douleur de la jeune femme sans comprendre que, plus le temps passe, plus il l'irrite et que sa présence ravive sa peine immense.

Ignoré par ses parents qui ont sombré dans une profonde dépression, méprisé par les habitants de l'île qui estiment qu'il n'a pas le courage de son frère, rejeté par celle dont il est tombé follement amoureux, Alfred erre des journées entières sur la lande, attendant le moment où, n'y tenant plus, il reviendra frapper une nouvelle fois à la porte de Catherine.

Jeudi 25 juin

Hier soir, Lucien m'a appris que, sous sa cargaison de poissons, un des chalutiers avait livré trois caisses d'explosifs destinés à faire sauter les canons allemands.

Il m'a dit que, grâce à Georges, il savait pouvoir me faire confiance. Une caisse a été enterrée dans le bois Noir, une deuxième est cachée derrière les caisses de cidre et de vin dans la cave de la buvette, et il m'a demandé si j'acceptais d'en dissimuler une dans la réserve de l'école. J'ai refusé en raison de la présence des enfants, en revanche je lui ai proposé de l'enterrer sous le potager que Catherine a créé à l'écart du village pour les plus jeunes. C'est bientôt les vacances et aucun d'entre eux ne s'y rendra dans les mois qui viennent.

Vendredi 3 juillet

Grosses chaleurs. Catherine qui s'est joliment arrondie souffre le martyre. Alfred la poursuit de ses incessantes assiduités au point que plusieurs villageois ont tenté de lui expliquer que son insistance était vaine. Certains, comme le père Fraisse, ont même haussé le ton pour lui faire comprendre que sa présence à Gondal n'était pas souhaitable. « Je suis votre seul espoir, Catherine, a-t-il malgré tout lancé devant la maison de Maria où la future mère s'était enfermée. Si vous ne voulez pas finir comme la compagne illégitime d'un de ces pêcheurs aux mains rongées par le sel, venez à moi ! »

Jeudi 23 juillet

Aujourd'hui, à 5 h 35 du matin, est née Anne, Georges, Maria Linton, de Catherine Gaskell, ouvrière, et de Georges, Robert, Wildfell Linton, menuisier à Gondal, lâchement assassiné par l'ennemi.

Il m'a été demandé d'en être la marraine et bien que je ne sois pas très croyante, j'ai accepté avec une vive émotion.

Lundi 10 août

En fin de matinée, un huissier de justice et deux gendarmes se sont rendus à la demeure des époux Fraisse, à la demande du maître de Linton Hill.

Ils leur ont fait valoir que, n'ayant versé aucun loyer depuis des années au propriétaire des lieux, M. Linton, ils devaient quitter leur demeure dans les huit jours, faute de quoi la force publique serait saisie.

Louise Fraisse a d'abord cru qu'il s'agissait d'une erreur vu qu'elle avait toujours habité là et que, à sa connaissance, les propriétaires ne lui avaient jamais rien demandé mais son mari a immédiatement compris qu'il s'agissait d'une vengeance d'Alfred.

Il est monté à Linton Hill pour obtenir des explications des parents. Hélas, il a été reçu par Alfred qui lui a dit qu'ils n'étaient plus en état de gérer les affaires de l'île et que, désormais, ce serait lui qui prendrait les décisions. Il a ajouté : « Demandez à Catherine ce qu'elle en pense. »

Vendredi 28 août

Ils sont partis.

Lorsque Maria me l'a annoncé, j'ai eu du mal à y croire, mais si : les Boches ont quitté l'île.

Nous avions bien remarqué ces derniers jours un changement de rythme chez les hommes de troupe en poste à Angrisey. Tout s'est concrétisé mercredi.

Dans la journée, un bateau militaire s'est approché des côtes et, en quelques heures, des techniciens ont démonté les canons et les mitrailleuses avant de les charger à bord et de s'éloigner sans explications.

L'échec du débarquement tenté par les Alliés à Dieppe le 19 août dernier n'est pas pour rien dans cette décision et il y a fort à parier que les difficultés rencontrées sur le front russe nécessitent de plus en plus de petits Fritz devant Leningrad. Leur état-major ne voit pas d'un bon œil l'idée que des soldats se prélassent sur une île française, loin des combats. Tant mieux! Que ne sont-ils partis plus tôt? Georges serait encore parmi nous...

Enfin, ils nous laissent tranquilles, soulagés surtout, et aussi inquiets : leur départ signifie-t-il que nous devons définitivement abandonner l'espoir d'un débarquement allié pour libérer la France?

D'ailleurs peut-on réellement se réjouir de leur départ et de notre liberté retrouvée alors que le reste de la France est écrasé sous la botte nazie et que, comme nous l'avons appris, une gigantesque rafle des Juifs de Paris a eu lieu le mois dernier? On a enfermé hommes, femmes et enfants au Vel d'Hiv avant de les envoyer vers on ne sait quel destin...

Lundi 7 septembre

Rentrée des classes. Je retrouve les mêmes élèves. Avec la guerre, pas question pour les plus grands de partir au collège sur le continent. Ils restent donc ici, avec moi.

Voici un an que je vis à Angrisey et je jurerais y habiter depuis vingt ans.

Alfred, qui, depuis le départ des Allemands, avait prudemment espacé ses visites à Catherine, les a reprises. Lorsqu'il arrive, les villageois lui tournent le dos et se comportent comme s'il n'existait pas. Seule Maria tente encore de le raisonner mais il ne l'écoute pas.

Lucien, en tant que maire de Gondal, m'a expliqué que la famille Linton est propriétaire de la totalité d'Angrisey, terres et bâtiments. Si une tradition a permis aux villageois de s'y installer et d'y vivre génération après génération, il n'en reste pas moins que, en l'absence de bail de location, les propriétaires ont la possibilité juridique de reprendre leur bien et d'expulser qui ils souhaitent. La menace qui pèse sur les Fraisse est donc bien réelle.

Dimanche 20 septembre

Étant donné son état de santé, Cora Linton a été transportée dans une clinique en Cornouailles. Les domestiques de Linton Hill laissent courir le bruit que, depuis le décès de Georges, son père ne quitte plus sa bibliothèque. Il s'y enferme avec une bouteille de whisky que le personnel a pour charge de remplacer dès qu'elle est vide.

Conséquence, Alfred continue de se pavaner comme l'unique maître des lieux. Il dispense des ordres irraisonnables et contradictoires, et, lorsqu'il n'y tient plus, il fait seller son cheval et, tel un spectre halluciné, arpente la lande pendant des heures avant de finir misérablement devant la maison où vit Catherine. Il alterne supplication, promesses et menaces, sans récolter autre chose que le refus de celle qu'il harcèle et le mépris de plus en plus affiché des villageois.

Jeudi 1er octobre

Cet après-midi, je suis allée rendre visite à Catherine. Nous partagions une tarte que j'avais confectionnée lorsqu'on a frappé à la porte. Aussitôt, j'ai vu les larmes monter aux yeux de mon amie. D'un geste, je lui ai ordonné de rester assise et je suis allée ouvrir.

Alfred a été surpris de me voir. Il a demandé à parler à Catherine. J'ai prétendu qu'elle était souffrante. Il n'en a bien sûr rien cru. Il se dévissait la tête pour tenter de l'apercevoir par-dessus mon épaule mais je faisais solidement barrage. Alors, m'ignorant, il lui a parlé de loin. Elle pouvait encore sauver les Fraisse de l'expulsion, il lui suffisait d'accepter de vivre avec lui à Linton Hill.

C'était son bonheur à elle seule qu'il voulait, mais comme le droit était de son côté, il pourrait expulser tous ceux qui se mettraient en travers de son chemin... et ainsi de suite, alternant promesses et menaces, cherchant à lui faire porter la responsabilité de ce qu'il adviendrait des villageois si elle ne cédait pas à son offre de mariage.

Pour toute réponse, Catherine s'est levée, m'a écartée et lui a claqué la porte au nez.

Dimanche 11 octobre

Ce matin le père Fraisse n'a pas mis les pieds à la buvette, grand lieu de rencontres du dimanche à Gondal, et je n'ai pas vu sa femme à la sortie de la messe. Je suis allée avec Lucien m'assurer qu'ils allaient bien. Nous les avons trouvés au lit côte à côte. Sur la table, deux boîtes de médicaments vides et un mot mal écrit sur un papier d'emballage : « Nous avons toujours vécu à Gondal. Nous avons choisi d'y mourir. » C'était tout.

Lundi 12 octobre

Ce soir, après la classe, j'ai aperçu Catherine qui s'entretenait avec François, un de mes plus grands élèves. J'ignore quelle a été la teneur de leur entretien et je n'ai pas eu l'indiscrétion de la questionner à ce sujet mais ce gaillard à la tignasse blonde délavée, qui habituellement est l'audace même, semblait inquiet. Il a fini par acquiescer deux fois après qu'elle lui eut glissé dans la main ce que j'imagine être une ou deux pièces de monnaie.

Je suis un peu mère poule avec mes élèves et je m'inquiétais de cet échange entre Catherine et François. Sans doute la curiosité me poussait-elle également à en savoir plus. J'ai fini par demander un peu plus tard à Catherine de quoi il s'agissait.

Elle a hésité avant de me répondre. En fait, elle voulait récupérer pour sa fille un pendentif hérité de ses propres parents. Elle l'avait abandonné dans la chambre qu'elle occupait à Linton Hill et, évidemment, elle ne voulait pas s'approcher du manoir et risquer de croiser Alfred. Alors elle avait donné des indications précises à mon élève pour qu'il se glisse dans la place et qu'il le lui rapporte. Je lui ai dit à quel point je trouvais cela dangereux et j'ai voulu retenir le garçon. Mais il était déjà parti.

Charlotte marqua une nouvelle pause. Elle se remémora sa première nuit à Linton Hill. Ce François, elle l'avait aperçu par le trou de la serrure, fouillant la pièce condamnée. Ainsi, des villageois de 1941 pouvaient eux aussi voyager dans le temps en franchissant la fenêtre de la chambre douze et se rendre dans leur futur ! Comment Catherine le savait-elle ? Charlotte avait compris que tout le monde ne possédait pas le pouvoir d'aller en 1941. Élisabeth, par exemple. Était-ce pareil dans l'autre sens ? Apprendrait-elle un jour les règles qui régissaient cette fantastique porte entre les époques ? Troublée, elle reprit sa lecture.

Mardi 13 octobre

Ce matin, il n'y avait pas classe. Tout le village était autour de la tombe des Fraisse. Comme ils le voulaient, ils resteront à Gondal éternellement. « Ils ont trouvé le repos, a dit Maria. Mais nous autres ? » a-t-elle ajouté.

Personne n'est venu de Linton Hill.

Cet après-midi, François était à sa place en classe et j'ai été rassurée, ce soir Catherine m'a avoué qu'il n'avait pas réussi à retrouver son pendentif.

« Qu'importe ! » ai-je pensé.

Jeudi 15 octobre

L'humiliation, le mépris, ne lui suffisent pas. Et le suicide des Fraisse ne l'incite pas même à un semblant de pudeur : Alfred est revenu au village.

Il a osé et je mesure à quel point son insistance tient de l'aveuglement, sa ténacité d'une forme de folie.

Il était accompagné d'une jeune fille. J'ai cru un instant qu'il venait nous présenter sa nouvelle conquête pour nous faire comprendre que la page était tournée. Hélas, il n'en est rien. Son idée fixe ne l'a pas quitté.

Encore une fois, il est allé frapper à la porte de Catherine, encore une fois il l'a suppliée. Et encore une fois, elle l'a repoussé.

De ma fenêtre, je l'ai vue s'entretenir avec la jeune fille qu'elle semblait connaître. J'ai hâte de savoir ce qu'elle représente pour elle. J'avais toujours cru que Catherine ne connaissait personne sur l'île avant son arrivée. Partageraient-elles une origine commune ? J'espère que mon amie m'expliquera...

Tout à sa folie, Alfred n'a pas vu les villageois arriver pour lui cracher leur colère et leur mépris. Devant cette humiliation, sa compagne, horrifiée, s'est enfuie, le laissant seul. Et seul, il l'était plus que je ne saurais dire : Catherine a refermé la porte de sa maison et, les uns après les autres, les villageois lui ont tourné le dos, le rejetant de la communauté des hommes.

De l'école, je l'ai vu. Son visage s'est décomposé comme si une succession de masques tombaient les uns après les autres, celui de l'incompréhension, celui de la colère, et celui du désarroi. Le masque blême de la peur accompagné de celui de la honte avant qu'enfin dans ses yeux brille la lueur vacillante de la folie mêlée à une rage sans nom.

– Je... a-t-il commencé en pointant son index vers les murs hostiles des demeures.

Mais les mots ne parvenaient pas à dire ce que son âme ne maîtrisait plus. Il a tenté encore une fois :

– Vous... V... je...

Ce lui fut impossible. Il est resté un instant figé, la bouche entrouverte, les yeux écarquillés sur un monde qui ne voulait pas de lui et, enfin, avec les gestes saccadés d'un somnambule, il s'est remis en selle, il a tourné son cheval vers le cœur de l'île et lui a labouré les flancs pour fuir le village.

En restera-t-il là? Je l'espère. Qu'il retourne se terrer dans son manoir et qu'il nous oublie! Je crois hélas que nous avons tout à craindre de la folie d'un garçon qui s'est cru le maître de l'île, qui s'imagine sans doute l'être encore, qui pense pouvoir plier ses habitants à l'incohérence de ses désirs... et que nous avons humilié.

Samedi 17 octobre

Pas de nouvelles d'Alfred et c'est tant mieux parce que nous avons d'autres soucis. Le vent a tourné, le ciel prend des couleurs d'encre marine, la mer s'enfle et défie la digue qui nous protège. Une nouvelle fois on arrime les chalutiers, on scelle les volets et l'on se calfeutre près de la cheminée.

Dimanche 18 octobre

La tempête qui s'annonce n'a pas empêché les fidèles de se rendre à la messe. Face à la guerre qui, pour l'instant, nous épargne, face à la folie du fils Linton qui pourrait lâcher sur les villageois sa vengeance et, surtout, face à la furie des vents, Gondal a besoin de se retrouver. Chacun apprécie de sentir à ses côtés ceux qui affrontent les mêmes périls.

Mais la pluie qui précède le déchaînement des vents nous a chassés et nous avons regagné nos maisons. J'ai eu juste le temps de refermer la porte lorsque le tonnerre commençait à déchirer le monde.

J'étais trempée. Je me suis changée avant de préparer un thé parfumé. Dès que j'aurai terminé ces lignes, je m'accorderai un peu de lecture. Les grondements de l'orage font trembler la maison jusque sous mes pieds. Est-ce un effet du déluge, il m'a semblé que le potager des enfants avait été retourné. Il faudra que j'aille l'inspecter lorsque le calme sera revenu.

Un coup de tonnerre plus sourd, comme plus proche, plus effrayant également, vient de

Un bijou

Dimanche 18 octobre 2015

Un long trait d'encre barrait la page et se terminait en une tache en partie diluée et piquetée de rouille. Les pages suivantes étaient vierges.

Charlotte passa un doigt rêveur le long de la dernière marque laissée sur ce journal inachevé. Elle pressentait que si cette femme soigneuse s'était brutalement interrompue, c'était sans doute parce qu'elle avait été confrontée à un drame dont l'histoire n'avait pas gardé la trace. Elle referma le cahier.

L'événement qu'elle présageait ne pouvait être à l'origine de l'anéantissement du village puisque celui-ci était dû à un raz-de-marée qui ne surviendrait que vingt-six ans plus tard, en 1968…

Elle jeta un coup d'œil à son téléphone. Il était deux heures du matin. Inutile de se risquer maintenant en 1942. Là-bas aussi, c'était la nuit noire, mais elle se promit d'y aller tôt le lendemain, dimanche, jour de liberté pour les lycéennes, alors que la plupart des pensionnaires profiteraient de leur grasse matinée. Il lui fallait savoir.

Elle se pelotonna sous sa couette et s'apprêtait à éteindre lorsqu'elle perçut des grattements à la porte de sa chambre.

– Oui ?

Élisabeth glissa le bout de son nez dans la pièce.

– Je peux ?

Charlotte repoussa le cahier sous son oreiller et, d'un signe de tête, elle désigna le lit d'Émilie. Elle s'adossa à la cloison et replia les jambes tandis que sa voisine, un gros pull marin passé sur sa longue chemise de nuit romantique, s'installait face à elle. Charlotte remarqua qu'elle gardait son poing fermé.

– J'ai vu la lumière sous ta porte…

– Super ! Je suis bien surveillée !

Élisabeth ignora la remarque.

– Je n'ai pas fini de te parler, cet après-midi, lâcha-t-elle.

Elle semblait chercher ses mots.

– Je suis déjà retournée dans notre ancienne chambre, tu t'en doutes. J'ai ouvert les volets, enjambé l'appui de la fenêtre, et je suis descendue dans le parc. Plusieurs fois. Mais, à chaque fois, je me suis retrouvée à notre époque.

Elle marqua une pause avant de poursuivre.

– Est-ce que tu sais ce qui fait la différence ? Ce qui a permis à Catherine comme à toi d'aller dans le passé ?

– Non.

– Pourquoi certaines personnes y parviennent-elles et d'autres pas ? Pourquoi pas moi, hein ?

– Je ne sais pas, Élisabeth.

– Catherine… elle t'a parlé ?

– Elle m'a dit que c'était dur là-bas. C'est la guerre.

– Pourquoi est-elle restée alors ?

Charlotte hésita. Pouvait-elle raconter ce qu'elle avait appris ?

– Elle veut y faire sa vie, répondit-elle en restant évasive.

Élisabeth acquiesça. Elle ne cherchait plus à cacher la tristesse qu'elle éprouvait de se sentir tenue à l'écart de cette histoire. Avec le départ de Catherine, elle avait perdu une amie et, avec l'arrivée de Charlotte, son rôle de seule détentrice d'un secret s'était évanoui.

– Tu vas y retourner ? demanda-t-elle après un temps.

– Sais pas. Catherine…

Elle hésitait à se livrer.

– Catherine ne veut pas, confia-t-elle enfin.

– Tu penses qu'elle est en danger ?

– Possible.

Hésitante, Élisabeth regarda son poing fermé, puis elle le tendit vers Charlotte en ouvrant les doigts.

– Si jamais tu la revois, tu pourras lui donner ça ?

Au creux de sa paume brillait une médaille ronde passée sur une chaîne d'or.

– C'est la seule chose d'elle que j'ai gardée après que ses affaires ont été renvoyées à sa famille.

Charlotte recueillit le bijou que Catherine cherchait à récupérer et l'examina sans un mot.

Les faces de la médaille comportaient chacune un profil à la manière de certains portraits de la Renaissance. D'un côté un homme et de l'autre celui d'une femme.

– Ses parents ? demanda Charlotte.

– C'est ce qu'elle m'a dit, oui.

Les rescapés

Dimanche 18 octobre 2015

Charlotte dormit mal. Elle avait l'impression d'avoir à peine fermé les yeux lorsque, à travers les volets, le ciel pâlit. Doucement, la nuit cédait la place au jour. Charlotte ralluma sa lampe de chevet et feuilleta encore une fois le journal de l'institutrice. Rien ne lui permettait de deviner les raisons de son interruption brutale.

Elle reprit alors la brochure de présentation de l'île. Elle ne l'avait parcourue que trois jours plus tôt mais elle avait l'impression qu'un mois au moins s'était écoulé depuis. Les pages se succédaient avec leurs photos légèrement passées et leur texte grandiloquent. Soudain, son œil fut accroché par un cliché…

Six villageois posaient devant Linton Hill, certains debout, d'autres allongés sur une civière. La légende précisait : « Les rescapés du raz-de-marée » et elle donnait une date. 1942.

Charlotte crut qu'elle s'était trompée, mais non.

Maintenant, ce n'était plus en 1968 que le village avait été anéanti, mais… en 1942. C'était écrit là, en toutes lettres. Précisément le 18 octobre 1942, c'est-à-dire ce jour même, soixante-treize ans auparavant.

Elle se pencha sur le cliché mal imprimé et scruta les visages des survivants. Son estomac se noua. Elle en était certaine, ni Catherine ni sa fille ne se trouvaient parmi eux.

Et pas question de croire qu'elles avaient fui cette année dramatique. Si cela avait été le cas, elles se seraient manifestées dans la chambre douze.

L'histoire avait donc changé et le seul élément qui soit venu la perturber, c'était elle, Charlotte. Alfred lui avait avoué ne pas avoir l'intention de se rendre au village le jour de sa visite. Sa présence l'avait décidé, et donc le passé avait été modifié.

Impossible de reconstituer la chaîne des événements qui en avaient découlé, elle en mesurait juste les conséquences. Mais désormais l'important n'était pas là. L'urgence, c'était Catherine, sa fille et, bien sûr, les habitants de Gondal.

Grâce à la chambre douze, Charlotte conservait peut-être la possibilité d'agir et elle se moquait des conséquences qu'une intervention sur le passé pourrait avoir sur son présent de 2015 : elle avait une amie à sauver. La brochure ne donnait évidemment pas l'heure du raz-de-marée et elle voulait croire qu'à cette heure-ci, il n'avait pas eu lieu. Pas encore.

Sans plus réfléchir, elle sauta hors de son lit et enfila ses vêtements. Tout l'étage dormait. Elle s'engagea dans le couloir obscur.

Avertissement

Dimanche 18 octobre 2015

La chambre douze était plongée dans le noir. Étrangement, les volets en avaient été tirés. Charlotte se dirigea vers la fenêtre, en poussa les deux vantaux. Des nuages menaçants s'assemblaient déjà au-dessus du bois Noir. Elle se pencha vers le parc désert.

– Non, fit une voix derrière elle.

Elle sursauta. Assise sur une chaise dans la partie la plus sombre de la pièce, elle découvrit Mme Bell, vêtue avec la même rigueur qu'à l'habitude, qui la fixait de son regard inflexible et glacé.

– Vous, les élèves, vous avez l'habitude de prendre les adultes pour des imbéciles, même si parfois, je le reconnais, certains de mes confrères méritent ce jugement.

Elle parlait de sa voix métallique qui avait rebuté Charlotte dès son arrivée.

– Depuis votre première incursion dans cette chambre, je vous ai gardée à l'œil, et vous m'avez crue lorsque je réclamais votre complicité. Charmante naïveté !

Prise en flagrant délit, la lycéenne restait muette. Elle avait tenté le sort une fois de trop, et elle avait perdu.

– J'ai bien compris que vous étiez la seule à tenter de pénétrer ici. La pauvre Élisabeth s'y est risquée, se croyant suffisamment maligne pour échapper à ma vigilance. Mais que m'importent ses incursions. Il n'y a rien à trouver ici, rien. Et puis Élisabeth est comme moi…

La proviseure laissa un temps de silence avant de préciser :

– Lorsqu'elle ouvre cette fenêtre et se penche au dehors, elle contemple le même paysage que celui que l'on aperçoit depuis chaque fenêtre de cette façade : la terrasse qui s'étale devant l'administration, la lande qui dévale vers les ruines à l'autre bout de l'île et, sur l'horizon qui nous fait face, le bois Noir. Rien d'autre. La réalité d'Angrisey en 2015. Et moi, comme elle, comme la plupart des personnes vivant ici, nous devons nous contenter de cette banalité…

Elle appuya son propos d'un geste vague en direction de la fenêtre. Charlotte remarqua que son ton avait légèrement changé. Il s'y mêlait une ironie teintée d'amertume.

– Mais pas vous, Charlotte Rivière. Lorsque vous franchissez la fenêtre, vous avez cette faculté d'y voir le passé. Comme Catherine. Pourquoi ? Comment ? Je l'ignore. Quelle hérédité vous a dotée de ce pouvoir ? Je l'ignore également tout comme j'ignore si cela a un sens et si quelqu'un dans ce monde peut l'expliquer. Le fait est là. Vous le pouvez, moi pas.

Mme Bell marqua une pause. Charlotte ne savait que répondre. Il était inutile de chercher à nier, la proviseure était au courant de tout.

– Vous m'avez suivie ? osa-t-elle demander.

– Je n'en ai pas eu besoin, non. Je vous ai observée, mais, pour vos promenades en 1942, j'ai accès à une autre source. Sachez qu'Alfred Linton tenait un journal dans lequel il s'épanchait quotidiennement. Je sais tout de ses émois amoureux, de sa jalousie envers son frère Georges et de sa folle passion pour Catherine.

– Mais, alors, vous savez aussi…

– Que vous y êtes allée avant-hier, oui. Et je sais également ce à quoi vous avez assisté. Une légende courait à l'époque, à Linton Hill, concernant la chambre douze. On racontait qu'elle était hantée et cela semblait suffire à expliquer que d'étranges jeunes filles y séjournaient sans que, jamais, on les rencontre dans les couloirs du manoir.

– Vous voulez dire qu'Alfred m'a prise pour…

– Un fantôme ? Oui, ou pour un personnage hors du commun. Comme Catherine. Sauf qu'elle était sans doute la première pour eux, ce qui a ajouté à son charme, sans aucun doute. C'est pour cela qu'il a tenu à vous avoir à ses côtés, pour attirer son attention. Du moins, c'est ce qu'il suggère dans son journal.

Charlotte hocha lentement la tête. Ainsi, elle n'avait été qu'un appât pour aider Alfred dans son projet de conquérir Catherine. Si c'était la vérité, il s'y était bien mal pris.

– Ce que je ne comprends pas, reprit Charlotte, c'est que… depuis que je suis arrivée à Linton Hill, vous saviez ce que j'allais faire ? C'était écrit dans ce journal ?

– Oui et non. Il semble que votre venue n'a pas influé immédiatement sur les événements. Et surtout, le texte de son journal n'a changé que depuis votre dernière visite. Il évoque votre équipée commune à Gondal…

– Je… j'ai…

– Vous avez modifié une part du passé, mademoiselle Rivière. En décidant Alfred à se rendre une fois de plus à Gondal, vous l'avez amené à se faire insulter par les villageois.

– Je n'ai jamais voulu ça !

– Sans doute. Mais le destin s'en est chargé pour vous. Et cette humiliation a été celle de trop pour Alfred.

– Que voulez-vous dire ?

La proviseure se leva et, de son pas autoritaire, traversa la pièce pour fermer la fenêtre.

Elle se retourna :

– Peu importe désormais. L'histoire est close.

– Vous allez me renvoyer ?

– Je ne tiens pas à faire de vagues. Mais je veux votre parole que vous ne vous risquerez plus dans ce passé qui n'est pas le vôtre.

– Que s'est-il passé ensuite ? insista Charlotte. Je veux dire, après ma dernière visite ?

– Le destin… L'Histoire avec un grand H… La vie des gens…

– Vous avez lu le journal d'Alfred depuis ce matin ? Évoque-t-il le raz-de-marée de 1942 ?

Mme Bell retint un petit sourire méprisant.

– Ma pauvre enfant, je n'ai absolument pas besoin du journal. Mon père m'en a suffisamment parlé…

– Votre… père ? Vous parlez là d'Alfred, n'est-ce pas ?

– Évidemment. À sa mort, en 1999, j'ai hérité de Linton Hill.

– Mais… votre nom, Bell ? s'étonna la jeune fille.

– Chaque famille a ses drames et ses secrets, mademoiselle Rivière.

Derrière ce ton sec, Charlotte comprit que la proviseure tentait de cacher une blessure intime. Mais elle voulait en savoir plus.

– Je ne comprends pas. Le domaine ne devait-il pas revenir à Georges, l'aîné, et donc, après lui, à sa fille, Anne ?

– À ce que j'en sais, la pauvre innocente n'a pas survécu au raz-de-marée.

– Anne est morte ? murmura Charlotte avec effroi.

Une grande tristesse l'envahit. Elle n'avait fait qu'apercevoir le fin visage d'un bébé et pourtant elle apprenait cette nouvelle comme si on lui avait annoncé la perte d'un membre de sa famille proche.

– Et… Catherine ? reprit la lycéenne. Qu'est-elle devenue ? Le journal d'Alfred en fait-il état ?

– Je n'en ai pas trouvé trace, répondit trop vivement Mme Bell.

– Il était pourtant très… amoureux d'elle.

– Non, non, rien.

La jeune fille devina que la proviseure ne lui révélait pas tout ce qu'elle savait. Brusquement elle trouva l'audace de demander :

– Pourrais-je lire ce journal ?

– Certainement pas ! fit Mme Bell en se redressant, choquée.

Elle restait butée et, dans la façon dont elle avait refusé, Charlotte perçut de l'inquiétude, comme si elle craignait que l'histoire de l'île lui échappât.

– Je dois y retourner, dit fermement la lycéenne. J'ignore ce qui a provoqué le raz-de-marée en 1942, mais je peux peut-être encore les prévenir, Catherine, sa fille, Maria et tous les autres…

– Il n'en est pas question !

– Que craignez-vous ?

– Je ne peux vous permettre de franchir une fois encore la fenêtre du temps. Nous ignorons les conséquences que votre acte pourrait avoir sur 2015, sur Linton Hill, sur nous tous. Car on ne change pas impunément le passé, mademoiselle Rivière.

– Mais je ne peux pas rester ici sans rien tenter et laisser mon amie mourir.

– Pourtant, c'est ainsi que cela va se passer. Vous ne retournerez pas en 1942.

– Vous allez m'en empêcher ?

– Je le pourrais, mais non. Ma menace est tout autre. Si vous franchissez une nouvelle fois l'appui de cette fenêtre, ce sera définitif. Il vous sera impossible de revenir.

– Ah ? Et pourquoi ?

– Simplement parce que je vais faire murer cette ouverture ce matin même, et condamner définitivement ce passage, supprimer cette anomalie qui lie deux moments de l'histoire. Catherine a fait son choix, personne ne l'a forcée à partir là-bas. Qu'elle y reste et qu'elle en subisse les conséquences.

La proviseure s'adossa à la fenêtre comme si elle voulait en interdire le passage. Charlotte sentait de la gêne dans ses réponses mais elle n'avouerait rien de plus. Cela ne faisait qu'accroître sa résolution.

– Allons, dit encore Mme Bell dans une dernière tentative de négociation. Aujourd'hui, c'est dimanche. Oubliez ce passé qui n'est pas le vôtre. Profitez de votre journée, amusez-vous avec vos nouvelles camarades… La vie est devant vous.

Elle se dirigea vers la porte, un bras écarté pour inviter la lycéenne à gagner la sortie. Charlotte ne bougea pas.

– Mademoiselle Rivière, insista l'héritière des Linton de son ton le plus cassant, sortez, je vous prie. Maintenant !

– Vous m'excuserez, dit Charlotte, mais j'ai encore un mot à dire à Catherine.

D'un bond, elle atteignit la fenêtre qu'elle rouvrit.

– Charlotte ! Ne commettez pas cette folie ! Vous courez à votre perte !

Dans la voix de Mme Bell, il y avait plus de crainte que de menace. Mais Charlotte s'en moquait.

– Non ! entendit-elle une dernière fois alors qu'elle enjambait l'appui de la fenêtre. Restez, je vous l'ordonne !

Dès que la jeune fille eut franchi l'ouverture, plus aucune injonction ne lui parvint. Elle se trouvait hors d'atteinte de la proviseure. Le 18 octobre 1942.

Une décision

Dimanche 18 octobre 2015

Mme Bell regardait fixement la fenêtre. La rage la pétrifiait. Elle ne supportait pas qu'on lui résiste, mais, plus que tout, elle craignait les conséquences de ce que Charlotte allait entreprendre.

Elle s'approcha de la fenêtre et se pencha au-dessus de l'appui.

Devant elle, la terrasse et les massifs de 2015 n'avaient pas changé et, bien sûr, elle n'aperçut aucune trace de la lycéenne.

Elle inspira profondément. Au fond de sa poche elle attrapa son téléphone et composa un numéro.

– Monsieur Larsonneur, vous pouvez monter je vous prie ?... Oui... Oui... Avec des briques et du ciment, oui... Comme je vous l'ai demandé, la murer définitivement, c'est ça.

Et avant de raccrocher elle répéta, comme pour elle-même :

– Définitivement.

Sur la lande

Dimanche 18 octobre 1942

Charlotte se retourna. L'encadrement de la fenêtre était vide. Aucune trace de la proviseure. Elle prit aussitôt le chemin du village.

Elle marchait d'un pas vif, déterminé, qui trahissait son inquiétude. Malgré l'heure, il semblait que la nuit s'attardait encore tant la noirceur du ciel pesait sur les reliefs de la lande. Une bourrasque la cueillit de face. Elle dut se courber pour lutter contre le vent du sud qui s'alliait à la proviseure afin de l'empêcher de rallier le village.

À cette idée, la détermination de Charlotte redoubla : elle ne laisserait ni Mme Bell ni les éléments lui barrer la route qu'elle avait décidé de prendre.

Dans le repli d'un vallon, elle trouva un abri temporaire. Le vent de suroît sifflait au-dessus de sa tête comme s'il la menaçait et, un instant, elle craignit que l'île lui refuse d'interférer sur son destin.

Elle inspira profondément et fit appel à toute son énergie et toute sa hargne pour repartir à travers les terres désolées. L'orage allait éclater d'une minute à l'autre et, couplé à la tempête, il mettait Gondal en péril. Pourtant, il y avait la digue… N'était-elle pas suffisante pour éviter le raz-de-marée ?

L'angoisse d'arriver trop tard propulsait chacun de ses pas que le vent sournois tentait de figer.

Soudain, les bourrasques se tournèrent vers l'est et, surprenant la jeune fille, l'envoyèrent à la renverse. Elle lâcha un juron. En chutant, sa tête heurta une roche. Instinctivement, elle se roula en une boule protectrice, les bras autour du visage. Quelle folie l'avait poussée à affronter le temps et la tempête pour sauver des personnes qui, de toute façon, seraient mortes en 2015 ?

Charlotte resta immobile, prostrée. Sa tête lui faisait mal.

Elle eut envie de tout abandonner. Elle rentrerait, ferait amende honorable et oublierait cette histoire. Lentement, elle reprit sa respiration. Combien de temps était-elle restée dans ce trou de la lande ? Au-dessus d'elle, le ciel avait encore noirci. La pluie creva enfin ces nuages, une pluie fine et cruelle qui la cingla de milliers d'épingles glacées.

Cette averse annonciatrice de l'hiver lui remémora les dernières notes lues sur le journal de l'institutrice. Les villageois s'étaient réunis pour la messe… ou plutôt, allaient se réunir pour la messe et s'égailler ensuite à cause des trombes d'eau. Il était encore tôt, tout cela n'avait pas eu lieu. C'est plus tard, en fin de matinée, alors que Jane Grey se préparerait un thé, que l'événement se produirait.

Charlotte prit appui sur ses deux mains et se dressa pour repartir. Le bras droit levé, elle se protégeait le visage, mais l'eau ruisselait dans son cou, le vent emmêlait ses cheveux et plaquait sur elle ses vêtements trempés. Les éléments la traitaient comme un corps étranger qu'il fallait rejeter de cette époque, et pourtant elle poursuivait sa marche difficile.

Au loin, la cloche de l'église marqua la fin de la messe. Combien de temps lui restait-il pour prévenir les villageois et tenter de les sauver, de sauver Catherine et sa fille ?

Un éclair déchira le ciel et bientôt le tonnerre fit trembler la terre émergée. Charlotte ne ralentissait pas. Les habitants de Gondal la croiraient-ils lorsqu'elle les préviendrait de la menace ? Pourquoi cette fois-ci la digue n'assurerait-elle pas son rôle ?

Ces questions ne la ralentissaient toujours pas. Elle s'enfonçait dans ce paysage dont la pluie avait effacé les couleurs.

Soudain, elle aperçut sur sa droite le mouvement incertain d'une tache brune que l'averse troublait par intermittence. Elle ralentit le pas. Là-bas, la silhouette poursuivait son chemin. Instinctivement, elle décida de lui emboîter le pas.

L'une loin derrière l'autre, elles empruntèrent un sentier caillouteux qui descendait vers la plage.

Très vite, Charlotte n'eut aucun doute sur l'identité de la personne qu'elle suivait. Elle avait reconnu Alfred.

Devant elle, ce n'était plus le gentleman qui l'invitait à une promenade, mais un jeune homme agité dont l'un des bras moulinait l'air dans une harangue inaudible.

Arrivée une dizaine de mètres en surplomb des galets, Charlotte s'accroupit derrière une touffe de genêts pour l'observer. Le vent lui portait les bribes d'une voix aigrie, ulcérée, incohérente. N'était-ce qu'un discours haché par les rafales ou la marque d'une folie qui s'était emparée d'un esprit solitaire ?

Bientôt, elle le vit s'éloigner sans hésiter vers la pointe d'un rocher qui s'avançait fièrement vers le large. La sangle d'une lourde gibecière lui barrait le torse.

Autour de lui, poussée par les vents, la mer se gonflait de colère. Il n'en avait cure, il avançait sur la roche glissante sans prendre la moindre précaution. À tout instant, une vague pouvait l'emporter. Elle aurait voulu l'alerter, mais ses cris ne lui parviendraient pas.

Brusquement, elle comprit. Elle se remémora le détail des explosifs cachés dans le potager de l'école, l'humiliation qu'avait subie l'héritier des Linton face aux habitants d'Angrisey, la raison d'être de la digue qui protégeait Gondal de la furie des flots, digue qui se trouvait très exactement dans le prolongement du bras de terre sur lequel s'aventurait Alfred.

Aveuglé par une folie vengeresse, celui-ci avait le projet de livrer la vie des gens de Gondal à la violence de la mer en furie.

Dans la tempête

Dimanche 18 octobre 1942

Charlotte s'éloigna prudemment de la plage et, dès qu'elle se sut hors de vue, elle accéléra son allure. L'avenir tel que la plaquette l'avait décrit pouvait encore changer.

Les premières maisons émergèrent du rideau de pluie. À l'arrière d'une minuscule demeure, un homme sortit d'un appentis. C'était un des villageois qu'elle avait aperçus lors de sa première visite, en compagnie d'Alfred. Il la reconnut et lui jeta un regard hostile. Elle n'était pas la bienvenue. Qu'importe ! Il fallait qu'elle les alerte et la seule qui l'écouterait, ce serait Catherine. Un nouvel éclair blanchit les maisons.

Elle traversa la moitié du village, contourna la mairie-école où, elle l'espérait, l'institutrice n'était pas réfugiée. Sur le côté, elle remarqua le potager éventré. Plus loin, elle retrouva la maison de Maria. Devant, une barque avait été tirée de la berge et des filets de pêche avaient été mis à sécher. Elle prit une grande respiration et frappa à la porte.

Pas de réponse. Elle attendit une minute puis frappa à nouveau. Toujours rien. Elle se retourna pour voir si Catherine n'arrivait pas. En face, elle surprit un rideau qui retombait et, deux maisons plus loin, une vieille qui la fixait d'un regard de pie à travers sa porte entrebâillée.

– Bonjour ! Vous savez où je pourrais trouver Catherine ?

La porte se referma aussitôt avec un claquement sec. Charlotte frappa encore à la porte.

– Catherine ! cria-t-elle. C'est moi, Charlotte !

Revêtue d'un caban de marin, une femme entre deux âges apparut à son tour. La jeune fille ne l'avait jamais vue.

– Vous venez d'où, mademoiselle ? Du château ? Il ne faut pas venir à Gondal, vous savez… Chacun doit rester chez soi. Personne ne vous répondra, ici.

– Je n'ai rien à voir avec la famille Linton. Je… je suis une amie de Catherine. Je voudrais lui parler, la prévenir… Savez-vous où elle se trouve ?

– La prévenir de quoi ?

– D'un danger. D'Alfred Linton, justement…

La femme ferma un œil et grimaça une moue suspicieuse.

– Vous sortez d'où, vous ? Sur l'île, il n'y a que le château et le village.

– Je… c'est compliqué. Mais Catherine me connaît, elle comprendra.

Tandis que la femme la jaugeait, deux autres villageois étaient sortis de leurs tanières, mi-revêches, mi-curieux. Méfiants. Et presque menaçants. C'est alors que Charlotte aperçut Catherine descendant la rue de l'église et portant sa fille dans les bras. Elle était emmitouflée dans une couverture que l'orage avait déjà trempée. Derrière elles venait Maria…

– Je t'avais dit de ne pas revenir, lâcha Catherine avec froideur.

– C'est Alfred…

– Quoi Alfred ?

– Il prépare… je l'ai surpris sur la digue. Il va la faire exploser !

Charlotte lut dans les yeux de son amie qu'elle ne la croyait pas. Celle-ci se tourna vers les villageois comme si elle sollicitait leur avis mais, dans leurs regards, elle ne put lire qu'un désarroi fait de crainte et d'incompréhension.

– Tu dis n'importe quoi ! reprit Catherine.

Sa voix était moins ferme. Elle poursuivit :

– Alfred ne ferait pas…

Charlotte la prit par les épaules et la fixa intensément.

– Je… l'ai… lu, dit-elle, en articulant chaque mot.

Catherine comprit aussitôt que son amie avait eu accès, dans leur futur, à une information décisive. Les villageois perçurent son revirement et, pour achever de les convaincre, Charlotte ajouta :

– Regardez ! Il a déterré les explosifs cachés dans le potager de l'école !

Les têtes se tournèrent d'un même mouvement alors qu'un nouvel éclair éblouissait la scène et que le tonnerre faisait trembler les hommes. L'un d'eux s'avança :

– Allons chercher nos chiens, nos fusils ! Ce n'est pas ce petit monsieur qui va nous mettre en danger !

D'autres villageois sortirent des maisons basses.

– Peut-être que certains d'entre nous devraient aller trouver monsieur Robert pour lui dire ce que trafique son fils ?

– On n'est pas des mouchards !

– Et puis les Linton, ça se protège entre eux !

– De toute façon, le vieux, depuis la mort de son aîné il ne tient plus les rênes du domaine...

Une formidable explosion retentit soudain du côté du port. Et ce n'était plus un grondement de l'orage. Les conversations cessèrent. Un panache de fumée montait au-dessus des maisons pour se mêler aux nuages sombres.

Derrière Charlotte, trois femmes esquissèrent un signe de croix. Tous comprirent. Il était trop tard.

Comme un animal que l'on aurait libéré après des années d'enfermement, la mer, fouettée par la tempête, sauvage et brutale, indifférente, noire et bleue et brune, lança sa muraille meurtrière à l'assaut de Gondal. Une menace compacte, aveugle, foudroyante.

Pendant un fragment de seconde, personne ne bougea. Le spectacle dépassait leurs craintes les plus folles. Enfin des cris fusèrent. De colère, de peur. Des ordres, des contre-ordres. Des prières, aussi.

Ils s'égaillaient, courant à l'abri d'un mur, cherchant le refuge d'une maison. Tout allait très vite et pourtant Charlotte avait l'impression d'assister à un film au ralenti. Elle se trouvait dans une situation étrange, un peu stupide : elle allait mourir des décennies avant sa naissance, dans un monde qui n'était pas le sien. Et personne ne saurait ce qu'elle était devenue.

La masse d'eau qui déferlait sur eux charriait des fragments de roche, de la boue, pulvérisait déjà le premier abri de granit comme on soufflerait sur une maison de papier. Charlotte vit Catherine rabattre un pan de couverture sur le visage d'Anne et la serrer contre elle avant de s'élancer vers sa demeure.

Elle les intercepta et les poussa vers la barque qui gisait sur l'herbe. Elles chutèrent toutes les trois dans le fond de l'esquif alors que, derrière, la masse d'eau explosait l'église, écartelait la rue du village et percutait leur maison.

Une vague terrible emporta d'un coup la barque, comme si elle voulait la projeter vers le ciel.

Elles s'agrippèrent aux bancs, Charlotte couvrant Catherine, Catherine recroquevillée sur Anne, la serrant toujours contre sa poitrine. Par-dessus bord, Charlotte aperçut Maria saisie par les flots, et d'autres corps, lancés dans les airs, broyés par les tonnes d'eau. Puis elle ne vit plus rien qu'un morceau de ciel noir.

La barque roulait, tanguait, soudainement rabaissée par les flots, projetée vers la maison voisine qui s'effondra avant qu'elles ne la percutent.

Elle s'éleva encore, surfant sur une vague monstrueuse pour atteindre le toit de l'école alors que les ardoises s'envolaient.

Et ce fut la mer.

La barque tanguait toujours violemment, abandonnée au tourbillon des flots, entraînée vers le large, menacée par les rochers émergents. Elle chutait sur plusieurs mètres lorsqu'une lame refluait et, la seconde suivante, se trouvait propulsée vers des sommets éclaboussés d'écume. Mais elle tenait.

L'orage déversait des trombes d'eau glacée sur le dos des naufragées. Toujours agrippées aux bancs de la barque, les mains de Charlotte avaient pris une teinte bleue.

En les poussant vers le large, les vagues les menaient à l'écart des rochers acérés. Insensiblement, les murailles d'eau se faisaient moins escarpées. Les montagnes devenaient collines. Les éclairs s'espacèrent. La pluie tomba moins dru.

Charlotte redressa la tête. Au fond de la barque, Catherine était lovée autour de sa fille. Près d'elles, dans l'eau, un corps flottait, on n'en voyait que le dos, la tête et les membres restant immergés. Elle n'eut pas le courage de le happer : cette personne était morte et elle ne voulait pas savoir de qui il s'agissait.

Soudain, sur l'autre bord, Charlotte entendit un râle. Elle saisit le bordage et se pencha. Un jeune garçon, les yeux exorbités, cherchait l'air la bouche grande ouverte. Sa tête était rouge d'un sang dilué par l'eau de mer. Il était blessé, mais vivant.

Charlotte lui tendit la main sans qu'il puisse la voir. Elle tenta de l'empoigner sous les aisselles pour le hisser dans la barque mais la mer retenait sa proie. Alors Charlotte mit toute sa colère contre les flots, contre la tempête, contre Alfred qui avait tout déclenché, pour trouver la force de tracter le corps semi-inconscient à l'intérieur de la barque.

Elle l'examina. La blessure saignait abondamment mais elle était superficielle. Elle crut reconnaître le garçon qui s'était glissé dans la chambre douze à la recherche du collier : François.

Catherine à son tour se redressa. Dans sa couverture, Anne pleurait.

Hébétées par la violence de ce qu'elles venaient de vivre, elles échangèrent un regard sans parler. Ensemble, elles observèrent le village. Quelques maisons avaient résisté à la puissance des vagues, mais la plupart des constructions avaient été dévastées. Catherine et Charlotte savaient que ce drame venait de sonner le glas pour Gondal et que le village ne s'en relèverait jamais. Soixante-treize ans plus tard, il n'en subsisterait que des ruines.

Assise au fond de la barque, sa fille blottie entre ses bras, Catherine fixa son amie.

– Tu nous as sauvées, dit-elle.

Ce n'était ni un remerciement ni une manifestation de joie. Juste un constat.

– Je n'ai pas réfléchi…

– Je voulais me terrer dans la maison. Nous y aurions été broyées.

– Il y a peut-être d'autres survivants, suggéra Charlotte.

Elles scrutèrent la côte dévastée. Quelques corps flottaient au loin, mais elles gardaient l'espoir que d'autres habitants auraient été épargnés. Alors, sans se concerter, elles se penchèrent chacune d'un côté de la barque et, malgré les vagues encore sauvages, sans se soucier de la pluie glacée qui continuait de les fouetter, elles ramèrent avec leurs mains en direction de la côte.

L'héritière

Dimanche 18 octobre 1942

Dans le village, six personnes avaient survécu. Une femme avait eu la jambe brisée et une deuxième, inconsciente, respirait faiblement. Les autres, hagards, erraient parmi les décombres, cherchant d'éventuels survivants.

Ils ne se lamentaient pas, n'échangeaient pas un mot. Le raz-de-marée qui avait anéanti leur village semblait avoir emporté leur raison de vivre mais ils agissaient comme s'ils n'en avaient pas encore pris la mesure. Lorsqu'ils trouvaient un corps sans vie, ils faisaient un signe et, à deux, ils l'emportaient vers les restes de l'église.

En reprenant pied sur la terre ferme, Catherine et Charlotte se dirigèrent vers la maison de Maria. Ce n'était plus qu'un tas de pierres d'où émergeait encore la cheminée, étrangement intacte. Aucune trace de sa propriétaire. Elles se mirent à fouiller les décombres à la recherche de draps ou de couvertures sèches qui leur permettent de réchauffer Anne. Après son séjour dans l'eau glacée, la fillette avait les lèvres bleues.

Dans un coffre épargné par les vagues, Charlotte dénicha de longues chemises dans lesquelles elles enveloppèrent Anne et la frictionnèrent.

De son côté, François avait repris conscience. Il avait trouvé un morceau de drap pour s'en faire un bandage. Le sang ne coulait plus. Charlotte se laissa aller sur une pierre plate.

– Tu vas rentrer, dit simplement Catherine.

Ce n'était ni un ordre ni une question, juste une constatation. Elle avait parlé, le visage tourné vers les ruines, sans regarder son amie.

– Il y a… tout à faire, répondit celle-ci.

– Tu as déjà fait beaucoup.

– Je suis plus utile ici qu'à réviser des maths en 2015…

– D'abord, nous devons aller au château demander de l'aide. Un abri, de la nourriture, des soins… Nous devons confondre le meurtrier, exiger la justice.

– La justice ? s'étonna Charlotte. Où il se trouvait, Alfred n'aura pas échappé au déluge qu'il a déclenché !

– Sans doute, mais sa famille doit aider les survivants. D'ailleurs, tu as raison, ce n'est plus une question de justice mais d'humanité. Et pour cela, nous n'avons pas besoin de toi. Tu dois reprendre le cours de ta vie.

Catherine se tourna vers elle et ajouta :

– Merci.

Charlotte secoua la tête, désolée :

– Je n'ai pas pu empêcher que… qu'il… Il y a tant de victimes !

– À cette heure-ci, sans toi nous serions mortes, dit encore une fois Catherine. François aussi.

Son bandeau de fortune serré sur la tête, le garçon courait vers sa maison dans l'espoir d'y retrouver des survivants.

– Tu dois revenir avec moi, reprit Charlotte, au XXIe siècle. Pour ta fille. Ici, il n'y a plus rien à construire…

– Ma fille est de ce temps. Elle est l'héritière de Georges et désormais de Linton Hill. Je dois rester à ses côtés pour la soutenir face à ses grands-parents.

La pluie ruisselait toujours sur le visage de Charlotte et elle ne cherchait pas à l'essuyer. Elle se tourna vers l'école. Les fenêtres avaient volé en éclats mais le bâtiment avait bien résisté. Devant, une jeune femme portait les premiers soins aux blessés qui s'étaient réfugiés chez elle.

– Jane Grey ? demanda Charlotte.

– Oui. Tu la connais ? s'étonna Catherine.

– D'une certaine façon…

Elle était heureuse de savoir que celle dont elle avait partagé les pensées à travers son journal soit saine et sauve. Au moins Catherine et Anne ne seraient pas seules. Charlotte caressa la joue d'Anne du bout des doigts. La fillette reprenait déjà des couleurs.

– Lorsque je retournerai en 2015, tu seras…

Elle marqua un temps avant de finir sa phrase.

– … très vieille.

– Qu'importe ! J'aurai vécu mon temps tout comme toi tu vas vivre le tien. Qui peut affirmer s'il est meilleur ici ou là-bas ?

– Ici… je veux dire maintenant, il y a la guerre…

– Angrisey n'est pas l'endroit le plus exposé. Et puis, nous savons toi et moi qu'elle se terminera dans trois ans. Tu te rends compte de l'énorme avantage que j'aurai sur toutes les autres personnes qui vivent aujourd'hui ? Je connais le futur. Je vais pouvoir m'installer voyante !

Elle avait lâché ces mots avec un sourire triste. Le premier sourire sur l'île après le désastre. Elle reprit :

– Je reste.

Il n'y avait aucune hésitation dans sa voix, aucun trouble, mais une implacable détermination. Charlotte comprit que la discussion était inutile.

Au château

Dimanche 18 octobre 1942

Ils étaient dix. Ils marchaient en silence. La lande, indifférente, ne gardait déjà plus aucune trace de la tempête. Le vent l'avait séchée alors qu'à l'horizon, entre les nuages qui s'effilochaient et la ligne de mer, un timide soleil tentait de reprendre ses droits.

Ils avaient quitté le village par le port. Au large, la digue avait totalement disparu. Ils longeaient le bord de mer. À l'aide de rames et de couvertures, ils avaient improvisé des brancards de fortune pour transporter les deux blessés qui ne pouvaient se tenir debout. D'autres s'appuyaient sur les plus solides. Fermant la marche, Charlotte portait Anne dans ses bras, fière de la confiance que lui accordait ainsi Catherine.

Le chemin longea une ravine qui s'effondrait vers la mer. Une plainte montait de la crique en contrebas. Un des survivants s'approcha. D'où elle se trouvait, Charlotte le vit agiter les bras, leur faisant signe, désignant quelque chose ou quelqu'un.

Catherine le rejoignit. Elle retint l'homme, cherchant à l'éloigner, mais celui-ci insistait sans que Charlotte comprenne exactement quel était leur débat. Il semblait qu'une victime se manifestait en contrebas.

Catherine dit encore un mot à l'oreille de l'homme et celui-ci s'éloigna. Elle resta immobile, le regard tourné vers la crique. Lorsque Charlotte arriva à sa hauteur elle se pencha à son tour. Il n'y avait plus personne. Juste une sinistre trace de sang sur les rochers.

– Alfred ? demanda-t-elle.

– On ne pouvait plus rien faire sans risquer la vie d'un des survivants, affirma Catherine.

Elle tourna le dos à la mer et reprit son chemin sans autre commentaire.

Le château était en émoi. Le bruit de l'explosion avait alerté tout le personnel qui craignait que les Allemands soient revenus. Bravant la tempête, des domestiques étaient partis aux nouvelles et lorsque, émergeant de la lande, ils aperçurent les dix rescapés du village, ils virent la confirmation de leurs craintes. Tandis que l'on prodiguait les premiers soins aux victimes, Catherine s'approcha de Charlotte et reprit sa fille.

– Anne et moi, nous ne pourrons jamais te remercier comme il le faudrait. Jamais.

Elle esquissa un sourire :

– C'est étrange, dans quelques instants, quelques heures peut-être, tu auras la possibilité de savoir ce qu'aura été ma vie…

– Grave !

Charlotte glissa la main dans sa poche et sentit que le petit objet de métal qu'elle y avait glissé s'y trouvait toujours.

– Tiens, dit-elle en le tendant à Catherine. C'est à toi, je pense.

Catherine recueillit le pendentif.

– Élisabeth ? demanda-t-elle.

– Oui. Elle me l'a donné, pour toi. Tu lui manques beaucoup.

– Je sais, dit Catherine. Enfin, j'imagine. Mais il y a ici, aujourd'hui, des gens qui ont encore plus besoin de moi.

Catherine l'enlaça, elles s'embrassèrent puis, sans attendre, Charlotte se dirigea vers la corde restée dissimulée dans le lierre de la façade tandis que, derrière elle, la mère d'Anne demandait à parler au maître du domaine, le grand-père de sa fille.

Les portes du temps

Dimanche 18 octobre 2015

Lorsqu'elle atteignit l'appui de la fenêtre, Charlotte constata avec soulagement que l'ouverture n'était pas murée. À la force des bras, elle pénétra dans la chambre douze et resta un instant aux aguets. Elle devait avoir séjourné près de six heures aux côtés de Catherine. L'heure du déjeuner à Linton Hill était passée et on avait dû remarquer son absence. Cela semblait dérisoire à côté de ce qu'elle venait de vivre.

Elle risqua un œil dans le couloir. Tout était calme. De la musique lui parvenait d'une des chambres un peu plus loin, celle de Casilda sans doute. De l'autre côté, deux voix trahissaient une grande conversation entre Camille et Amandine. Un dimanche après-midi normal pour l'internat.

Elle rejoignit sa propre chambre, se changea, étendit ses vêtements mouillés sur une chaise et attrapa la brochure touristique pour la feuilleter une nouvelle fois. Rien n'avait changé, si ce n'est que la photo illustrant le raz-de-marée montrait maintenant neuf survivants et, parmi eux, Catherine avec Anne dans les bras.

Charlotte savait désormais que, par deux fois, elle avait modifié l'histoire. La première fois, en se laissant entraîner par Alfred à Gondal. Sans elle il n'y serait peut-être pas allé ce jour-là, et il n'aurait pas été humilié par les villageois. Cet affront, il avait voulu l'effacer de l'histoire de Gondal.

Radicalement.

« Ce drame, c'est ma faute », se dit Charlotte. Puis aussitôt elle pensa : « De toute façon, Alfred aurait été humilié un jour ou l'autre et il aurait agi de la même façon, donc je n'y suis pour rien. Sauf que… Sauf que, dans la brochure, le raz-de-marée avait eu lieu bien plus tard. Donc, avant mon intervention Alfred n'avait pas… » Elle poussa un long soupir. À se faire tour à tour sa propre avocate et son propre procureur, elle finissait par s'emmêler dans les différentes voies qu'avait empruntées l'histoire.

Restait au moins la seconde de ses interventions où elle avait sauvé trois vies. Devait-elle se reprocher ses voyages en 1942 ?

Elle referma la brochure. Il n'y avait sans doute pas de réponse à cette question. Pour elle, désormais, c'était le présent qu'elle devait affronter et en particulier Mme Bell. De lui avoir tenu tête pouvait lui valoir d'être renvoyée de Linton Hill.

Elle fut interrompue dans ses pensées par l'arrivée soudaine d'Émilie en tenue d'équitation, rayonnante.

– Pas encore prête ?

Charlotte la regarda avec un air hébété.

– Je te rappelle que nous partons pour une balade dans cinq minutes.

– Émilie ? Tu… tu vas mieux ?

– Euh, moi, ça va, mais c'est plutôt toi qui as l'air carrément à l'ouest !

– Mais… et ta gastro ?

– Ma quoi ? N'importe quoi ! Je suis en pleine forme.

Charlotte tenta de masquer son trouble. Elle devinait que le présent n'était plus exactement celui qu'elle avait quitté quelques heures plus tôt. Tout paraissait pourtant identique. Sur la terrasse, les massifs de rosiers continuaient à jaunir et le corps principal du bâtiment était semblable à lui-même. Elle attrapa sa culotte d'équitation. Elle s'apprêtait à l'enfiler lorsqu'on frappa à la porte de leur chambre. Laura-Line passa la tête par l'entrebâillement.

– Charlotte, tu es convoquée dans le bureau de la proviseure, dit-elle d'une voix légère.

– Maintenant ?

– Si tu peux, oui.

Lorsque Charlotte atteignit l'escalier, elle se demanda comment son père prendrait son renvoi. Mal, certainement. Il aurait de la peine à trouver un nouvel établissement qui accepte d'accueillir sa fille en cours d'année. Surtout avec un dossier où figureraient deux renvois…

Marche après marche, elle lorgnait les portraits de la famille Linton. Toujours aussi figés qu'au premier jour, ils semblaient surveiller l'escalier, les pensionnaires et l'âme du manoir. Ils se succédaient, immuables, depuis ces inconnus du XVIIIe et du XIXe siècles, jusqu'à Robert et Cora Linton, puis leurs deux fils Georges et

Alfred. Le visage de ce dernier lui parut plus jeune que la première fois, plus conforme à l'Alfred qu'elle avait connu. En déchiffrant la petite plaque vissée sous le portrait, elle constata que les dates de sa naissance et de sa mort n'y figuraient plus. Une nouvelle preuve que le présent n'était plus tout à fait le même.

Charlotte emprunta le couloir de la direction. Le secrétariat et la comptabilité étaient déserts. Logique pour un dimanche. Arrivée devant le bureau de Mme Bell, elle prit une longue inspiration puis frappa.

– Entrez !

Résolument, elle tourna la poignée et pénétra dans l'antre du Dindon. Elle se tenait devant la fenêtre et, dans ce contre-jour, Charlotte ne parvenait pas à voir si elle lui faisait face ou si elle lui tournait le dos.

– Entrez, répéta-t-elle. Venez vous asseoir.

Son ton était étrangement calme, presque doux, ce qui accrut l'inquiétude de la lycéenne. Elle alla poser la pointe de ses fesses sur le rebord de la chaise, tous les sens aux aguets. La femme se retourna alors et Charlotte écarquilla les yeux. Devant elle se tenait une inconnue.

Beaucoup plus âgée que Mme Bell, les traits adoucis par ses cheveux blancs, elle dévisageait la jeune fille avec une curiosité amusée.

– Nous sommes bien le 15 octobre 2015, n'est-ce pas ?

– O… oui madame.

– J'ai une lettre écrite il y a bien longtemps pour toi. Mais je ne devais te la remettre qu'aujourd'hui précisément…

Charlotte ne répondit pas. Mille questions se pressaient dans sa tête et, une fois encore, elle pensa qu'il était plus prudent d'attendre. La femme fit le tour du bureau et alla s'asseoir dans le fauteuil qu'avait occupé Mme Bell. Elle ouvrit un tiroir et en sortit une enveloppe qu'elle fit tourner entre ses doigts. Ses yeux pétillaient.

– Tu sais que nous nous sommes déjà vues ?

– J'avoue que je ne…

– Enfin, il y a longtemps pour moi. Mais pas pour toi. Tout sera peut-être plus clair si je te dis mon nom : je m'appelle Anne Linton.

– Anne ? Vous voulez dire… le bébé ?

Un large sourire s'épanouit sur le visage de la vieille femme.

– Exactement, le bébé auquel tu as sauvé la vie.

Elle laissa un temps pour que la jeune fille revienne de sa surprise avant de poursuivre :

– Ma mère m'a tout raconté.

– Catherine ? Où est-elle ?

Une ombre soudaine effaça le sourire.

– Maman nous a quittés l'année dernière. Elle venait de souffler ses quatre-vingt-dix bougies.

Charlotte sentit quelque chose s'effondrer en elle.

Catherine était morte. Catherine, qui avait grandi dans le même milieu qu'elle, dévorant les mêmes livres, se nourrissant aux mêmes séries télé et qui, pourtant, avait connu une longue vie que Charlotte n'avait pas connue.

– Elle s'est éteinte le 6 décembre, reprit Anne.

– Le 6 décembre 2014, compléta Charlotte, pensive.

– Oui. Et ses derniers mots ont paru étranges à ceux qui l'entouraient, mais, pour toi, ils doivent être limpides. Elle a murmuré dans un sourire : « La boucle est bouclée. »

La lycéenne hocha lentement la tête. Ce 6 décembre était le jour précis où, dans un autre repli du temps, la Catherine de dix-sept ans avait définitivement quitté le lycée pour une autre vie.

– Dès que j'ai été en âge de comprendre, maman m'a raconté notre histoire singulière. Pour moi, tu as toujours été un personnage mythique : la jeune fille venue du futur pour nous sauver la vie !

Charlotte sentit sa gorge se nouer et ses yeux se troubler. Anne s'en rendit compte. Elle fit glisser l'enveloppe devant Charlotte, se leva et, en passant à ses côtés, elle posa une main légère sur son épaule.

– Je reste dans l'antichambre, dit-elle. Prends ton temps.

Et elle sortit. Restée seule, Charlotte fixa la lettre. Sans s'en expliquer la raison, elle n'osait pas la toucher. Elle craignait tout à la fois d'être submergée par l'émotion et d'ouvrir une nouvelle fois une des portes du temps qui chamboulerait leur histoire. Mais, en même temps, il s'agissait du dernier message que son amie lui envoyait et elle se résolut à la lire.

Retour à Gondal

Sans date. Vers 1995, selon Anne.

Salut ma vieille !

Enfin, quand je dis « ma vieille » j'ai conscience d'inverser les rôles ! Je sais que, pour toi, les événements qui nous ont réunies une dernière fois sont tout récents alors que, de mon côté, ils remontent à plusieurs décennies et voilà : moi, je suis au soir de ma vie, alors que tu n'en es qu'à l'aurore.

Tu vois, maintenant, j'écris comme une vieille... une vieille qui garde encore présente en elle l'adolescente que tu as connue. Dans chaque personne qui commence à se rider vit toujours le petit garçon ou la petite fille et aussi l'adolescente et le jeune adulte qu'elle a été. Mais tu comprendras ça plus tard...

Lorsque nous nous sommes quittées, en 1942, je t'ai mal remerciée. Je veux dire : trop vite. Il y avait urgence, les gens à soigner, à consoler. Faire face au drame...

Les remerciements que je veux t'adresser aujourd'hui sont différents. Ce n'est pas uniquement de m'avoir sauvé la vie dont je te suis redevable, c'est de toutes les années que, depuis, j'ai vécues, ici, à Angrisey. De voir Anne grandir et retrouver dans certains de ses traits, de ses gestes, ceux que j'avais tant aimés chez Georges, son père. De me sentir utile à la communauté du village. Car les survivants se sont installés à Linton Hill et certains d'entre eux ont porté avec moi le projet d'en faire un lycée, après la guerre.

Frappé de folie, Alfred a été la première victime de son attentat. Lorsque je l'ai aperçu, blessé, j'ai jugé préférable de l'abandonner au sort qu'il avait choisi pour les villageois et qu'il assume les conséquences de son acte. Peut-être aurait-on pu le sauver... Nous l'ignorerons toujours désormais. N'ayant pas survécu, il n'a pas eu d'héritier, donc le Dindon n'a jamais existé...

Du côté des parents Linton, Cora s'est éteinte peu après la guerre dans la clinique où on la soignait, mais son mari, Robert, a totalement changé d'attitude à mon égard et comprenant que, désormais, nous étions toute sa famille, il s'est consacré jusqu'à son dernier souffle au bonheur d'Anne qui a eu la chance de grandir entourée d'amour. Elle a mené sa vie. Elle a beaucoup voyagé, elle s'est mariée et a tenu à prénommer sa première fille Charlotte... Lorsque je me suis sentie trop fatiguée pour assumer la direction du lycée, elle m'a remplacée.

Il y a quelques années, j'ai fait rebâtir la maison de Maria à Gondal. Je m'y suis installée, afin de laisser Anne plus libre de ses mouvements. La digue a été reconstruite et j'ai l'espoir d'attirer de nouveaux habitants dans ce village que j'aime tant. Peut-être que les touristes remplaceront les pêcheurs d'avant... Une jeune femme m'a rejointe et elle m'accompagne dans mes projets. Même à mon âge, c'est formidable de continuer à construire quelque chose !

Si parfois la nostalgie me gagne, je dois avouer que je suis heureuse et, à chaque minute de ces instants précieux, je sais que c'est à toi, à ton courage, que je le dois.

Adieu, Charlotte ! Il est peu probable que nous nous revoyions. Et puis, franchement je n'apprécierais pas que tu contemples ma peau ravagée par les ans alors que tu te pavanerais dans toute la fraîcheur de tes seize ans !

Je ne t'accablerai pas de conseils comme aiment le faire les gens de mon âge. Vis ta vie et sois heureuse, c'est tout ce que j'ai à te dire. Tu le mérites mille fois.

Je t'embrasse,

Catherine

Charlotte replia la lettre avec un soin scrupuleux avant de la glisser dans l'enveloppe et rejoignit Anne dans l'antichambre.

– Catherine parle de la maison où elle s'est retirée, à Gondal. Je… Est-il possible de s'y rendre ?

La proviseure acquiesça d'un sourire. Elle ne paraissait pas surprise par cette demande.

– Je crois qu'Émilie t'attend pour une balade. Gondal pourrait être un joli but.

Le chemin de Linton Hill

Dimanche 18 octobre 2015

C'était la troisième fois que Charlotte se rendait à Gondal mais elle n'en souffla mot. Menant l'allure, elle avait repris le chemin qui lui avait fait découvrir les ruines. Les deux cavalières avançaient au botte à botte, goûtant au plaisir de cette promenade, à la beauté du paysage et à la douceur du vent sur leur visage.

Elles atteignirent le village par les hauteurs qui surplombaient l'église. Là, elles marquèrent une halte. Contrairement à sa première visite, toutes les maisons n'étaient plus en ruine. On en avait rebâti certaines, d'autres étaient en travaux mais, pour la plupart, elles semblaient encore inhabitées.

Seule, la maison de Maria était entourée d'un jardin où jaillissaient des fleurs vives mêlées aux plantes sauvages de la lande. Devant, on avait sorti une table de fer et quelques chaises pourvues de coussins. Les fleurs s'étaient multipliées dans les rues rénovées du village mais c'est surtout par le cimetière que le regard de Charlotte fut attiré. Une des tombes était entourée de massifs colorés qui faisaient écho au jardin de Maria et elle se douta que son amie avait été enterrée à cet endroit précis.

– J'ai entendu dire que madame Linton envisage d'établir un village de vacances ici, lâcha Émilie.

– La proviseure ?

– Non, je parle d'Anne Linton. Ça fait plus de huit ans qu'elle n'est plus proviseure, mais elle est toujours la propriétaire. C'est sa fille qui dirige le lycée. Tu devrais t'en souvenir…

Elle se tourna vers son amie et ajouta avec un large sourire malicieux :

– Charlotte Linton !

Charlotte acquiesça lentement. Évidemment, cela correspondait à ce que Catherine lui avait appris dans sa lettre.

Ce projet imaginé par Catherine était peut-être la seule solution pour que Gondal revive, mais Charlotte regrettait la beauté âpre du village de pêcheurs et l'aspect fantomatique des ruines qu'elle avait eu la sensation de posséder pour elle seule pendant quelques instants. Soudain, elle aperçut la silhouette d'une femme qui sortait de la maison de Catherine et s'affairait dans le potager.

– Une habitante, fit remarquer Émilie. On va la voir ?

Elles poussèrent leurs montures et descendirent au pas dans le village. Charlotte observait l'inconnue. Il devait s'agir de la jeune femme dont avait parlé Catherine dans sa lettre. Elles mirent pied à terre devant la maison.

– Bonjour ! lança joyeusement Émilie.

La femme qui binait entre deux rangées de radis se redressa lentement. Elle devait avoir une cinquantaine d'années.

Charlotte découvrit à son cou le pendentif qu'elle avait rapporté à Catherine quelques heures auparavant. Elle s'avança vers les deux cavalières, ne quittant pas Charlotte du regard. Elle affichait un sourire où pointait un soupçon d'ironie et une pointe de défi, une expression que la lycéenne avait déjà rencontrée.

– Puis-je vous offrir le thé ? leur proposa-t-elle. Je viens juste de le préparer.

Sans attendre leur réponse, elle disparut dans la maison pour en ressortir presque aussitôt avec un plateau pourvu d'une théière, trois tasses et une assiette de sablés. D'un geste, elle les invita à s'asseoir. Elle ne quittait pas Charlotte des yeux et Émilie en ressentit une certaine gêne.

– Je… Je vais attacher les chevaux, dit-elle.

Elle s'éloigna sans que la femme lui accorde la moindre attention.

– J'ai longtemps été blessée d'être tenue à l'écart du mystère de la chambre douze, dit-elle. Pourquoi Catherine, et pourquoi toi, Charlotte, aviez-vous ce don d'y voir autre chose que ce que le commun des mortels ne pouvait deviner ?

– Élisabeth, prononça posément Charlotte.

La femme hocha doucement la tête et poursuivit :

– Pourquoi pas moi ? Alors, j'ai cherché, mais tout le lycée restait désespérément banal, ordinaire. Et puis un jour, je me suis trouvée devant une fenêtre de l'économat. Le climat qu'on pouvait voir à travers n'avait rien de commun avec celui que l'on contemplait par les autres fenêtres du lycée. Alors, moi aussi, j'ai filé par la fenêtre ! Contrairement à ce que j'espérais, elle ne donnait pas en 1942 mais trente-quatre ans plus tôt, en 1981. C'est ainsi que j'ai retrouvé Catherine. Pas la jeune fille de dix-sept ans, mais une femme de cinquante-sept ans. Un âge que je n'ai moi-même pas atteint. Elle travaillait encore à Linton Hill. Elle y dirigeait le lycée et, après avoir vainement tenté de m'inciter à rejoindre notre époque, elle m'a finalement autorisée à rester à Gondal. C'est ainsi qu'est né le projet de relever le village. Quarante années, ou presque, s'étaient écoulées depuis le raz-de-marée… J'ai travaillé à rebâtir sa maison. Ensuite, j'ai aidé au lycée, aux cuisines, à l'administration. J'ai voyagé également, j'ai fait des rencontres… Et lorsque Catherine a choisi de prendre sa retraite, je suis revenue auprès d'elle. Tu vois, j'ai compris que par chacune des fenêtres de Linton Hill, il existe un chemin. À chacune d'entre nous de trouver le sien.

Charlotte reposa la tasse qu'elle venait de terminer. Elle hocha doucement la tête.

– Je suis heureuse que tu aies trouvé le tien, Élisabeth.

Charlotte chevauchait en silence aux côtés d'Émilie. Avec Anne et Élisabeth, elles n'étaient plus que trois à partager le secret de Linton Hill. Charlotte mesurait à quel point un voyage dans le temps comportait de risques. Certaines personnes qu'elle connaissait pouvaient purement et simplement n'avoir jamais existé, comme ça avait été le cas pour Mme Bell. Mais réussirait-elle à résister à la tentation de découvrir une autre époque ?

Elle lança son cheval au galop dans la lande et huma le vent marin qui lui fouettait le visage. Elle ignorait de quoi serait fait demain mais elle goûta avec un plaisir infini le sentiment de liberté qu'elle avait le bonheur de ressentir dans son XXIe siècle débutant.

Le feuilleton des Incos

Proposer aux jeunes lecteurs de pénétrer dans les coulisses de la création d'une histoire, c'est l'idée, à la fois simple et novatrice, qui est à l'origine du feuilleton des Incorruptibles.

Pendant plus de douze semaines, des groupes de lecteurs ont entretenu une correspondance personnalisée avec l'auteur. L'objet de ces échanges ? Un texte posté tous les quinze jours chapitre par chapitre par Jean-Michel Payet, passablement anxieux à l'idée d'être soumis aux jugements décomplexés des jeunes. Le résultat ? Une histoire commentée et questionnée par deux cent cinquante lecteurs, aussi curieux qu'impitoyables, et autant de débats et d'échanges, de questions existentielles et d'interrogations futiles, de mots doux et de bons mots…

Avec la complicité des éditions Rageot, le texte a été travaillé comme un manuscrit traditionnel et remanié en profondeur avant de prendre le chemin des presses. C'est une aventure où l'intime et le collectif se conjuguent et se répondent pour désacraliser l'acte d'écriture, comprendre le processus de publication d'un texte, inciter à la lecture, encourager la réflexion, tisser des liens privilégiés avec un auteur et, pourquoi pas, susciter des vocations…

Association Le Prix des Incorruptibles
13, rue de Nesle
75006 Paris
01 44 41 97 20
www.lesincos.com

Groupes de lecteurs participants

Les élèves de 3e Aragon du collège Germinal de Raismes (59)

Les élèves de 2de 2 du lycée Saint-Exupéry de Marseille (13)

Les élèves de 2de bac professionnel Maintenance des équipements industriels du lycée Paul-Guérin de Niort (79)

Les élèves de 2de du lycée Louis-Blaringhem de Béthune (62)

Les « L&S Immac 2014 » du lycée Immaculée-Conception de Laval (53)

Les « Lecteurs attentifs » de 2de 1 du lycée Pré-Saint-Sauveur de Saint-Claude (39)

Les élèves de 2de 2 COM1 du lycée Sophie-Germain de Thionville (57)

Les élèves de 2de 2 bac professionnel Services aux personnes et aux territoires du lycée Sainte-Colombe de Saint-Denis-lès-Sens (89).

Retrouvez toutes les collections

sur les sites

www.rageot.fr

et www.livre-attitude.fr

PAPIER À BASE DE FIBRES CERTIFIÉES

RAGEOT s'engage pour l'environnement en réduisant l'empreinte carbone de ses livres. Celle de cet exemplaire est de :
650 g éq. CO_2
Rendez-vous sur www.rageot-durable.fr

Achevé d'imprimer en France en février 2016
sur les presses de Normandie Roto Impression s.a.s.
Couverture imprimée par Boutaux (28)
Dépôt légal : septembre 2015
N° d'édition : 6624 - 02
N° d'impression : 1600433